적포용왕

김운영 新무협 판타지 소설
FANTASTIC ORIENTAL HEROES

赤布龍王

적포용왕 7

김운영 新무협 판타지 소설

초판 1쇄 찍은 날 § 2009년 5월 15일
초판 1쇄 펴낸 날 § 2009년 5월 25일

지은이 § 김운영
펴낸이 § 서경석

편집장 § 문혜영
편집 § 서지현 · 주소영

펴낸곳 § 도서출판 청어람
등록번호 § 제1081-1-89호
등록일자 § 1999. 5. 31
어람번호 § 제2-1743호

주소 § 경기도 부천시 원미구 심곡동2동 163-2 서경B/D 3F (우) 420-822
전화 § 032-656-4452 팩스 § 032-656-4453
http://www.chungeoram.com
E-mail § eoram99@chollian.net

© 김운영, 2008

ISBN 978-89-251-1810-9 04810
ISBN 978-89-251-1249-7 (세트)

김운영 新 무협 판타지 소설
FANTASTIC ORIENTAL HEROES

화룡정점(火龍定點)

적포용왕

7

[완결]

赤袍龍王

도서출판 청어람

第一章 남북걸인(南北乞人)

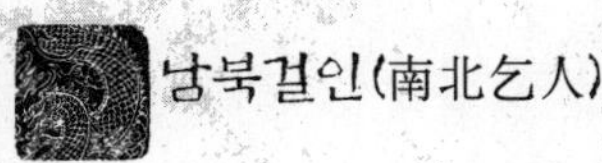
남북걸인(南北乞人)

　　—그들이 떠난 뒤, 무림은 평화롭진 않지만
상식적이었다. 불안과 기대가 섞여 미래를 알 수 없는 무림은
영웅들에게 새로운 기회를 주었다. 혼란의 종국이 오니 다시
질서가 자리를 잡았다. 길진 않았지만 평범한 무림인들에겐
소중한 시간이었다.

　　강진이 배를 타고 바다로 나간 지 근 한 달이 지났다. 임시
무림맹 총단에 모인 사람들은 처음에는 해적왕의 발호를 걱
정하였지만 희한할 정도로 적은 움직이지 않았다.

그사이 과감하게 움직여 이익을 본 사람이나 세력들이 몇 있는데 그중 단연 최고는 남궁세가라 할 수 있다.

남궁세가는 처음 무림맹 총단이 해적왕에게 무너졌을 때 신창 양세방에게 임시총단을 맡기고 자신들은 적극적으로 절강성 일대의 세력 확보에 나선 바 있다.

이건 그야말로 적이 공격을 가하자 이쪽도 공격을 가하는 식으로 죽기 아니면 살기의 모험이라고 평할 만한 일이었다. 그래서 무림인들은 대부분 해적왕의 다음 공격 대상이 임시 무림맹 총단 아니면 신남궁세가가 될 것이라고 예측했다.

이런 이유로 남궁세가가 절강성 일대를 장악하는 데 아무도 이의를 제기하지 않았고, 방해는 더욱 하지 않았다.

그야말로 무주공산에서 가장 맛있는 지역에 뿌리를 내릴 수 있게 된 것이다.

임시 무림맹주인 신창 양세방도 날이 갈수록 명성과 권위를 쌓아가고 있었다.

당금 천하에서 아무도 하고 싶어하지 않는 게 무림맹주다. 언제 어디서 해적왕이 나타나 툭 건드리고 갈지 모르는 상황에서 이 직위는 목숨을 걸어야 할 수 있는 자리라 할 만했다.

사실 그뿐이라면 목숨을 걸고 직위에 걸린 명예와 권리에 도전해 볼만도 하다. 적이 강하고 위협이 클수록 맹주는 힘을 가질 수 있지 않은가?

하지만 각 문파의 수장들은 결코 그 자리를 원하지 않았다. 그건 바로 무림맹주라는 이름으로 결코 제어할 수 없는 단 한 명의 존재 때문이다.

"자연재해가 주변을 맴도는데, 그야말로 무모한 짓이지."

"해적왕에 대적해 죽으면 명예라도 남겠지만, 적포 그 양반한테 두들겨 맞으면서 무슨 체면이 남겠어?"

그랬다. 현재의 맹주 직은 해적왕이라는 생명의 위협보다 더 큰 부담이 있었다. 바로 적포천존이 왔다 갔다 하며 자기 마음대로 이것저것 시키면 알아서 해결해 주어야 한다는 것이다.

이 모든 문제점 위에 버티고 앉아서 임시 맹주 직을 수행하는 양세방에겐 평소보다 더한 기백이 있었다.

남궁세가주가 어차피 목숨을 걸려면 무림맹주로 앉아 있는 것보다 실리를 택하자고 결정한 것과는 정반대로 양세방은 실리보다는 명예를 택해 권위를 얻었다.

바야흐로 무림에 새로운 바람이 불고, 기존과는 조금 다른 자리매김이 이루어지게 되었다.

시간이 흐를수록 다른 자들도 남궁세가나 신창 양세방에게 자극을 받고 점점 과감하게 움직이기 시작했다.

아직 그렇게까지 적극적이지는 않지만 일찍이 해적왕에게 몰락한 강남의 문파나 세가들이 그중 하나다.

“이대로 있어서는 안 됩니다. 남궁세가는 점점 세를 불리고 있지 않습니까?”

“그렇소이다. 이러다가 우리가 설 자리가 없어질지도 모릅니다.”

“더 이상 몸을 움츠리고 있다가는 저들의 하인 노릇이나 하게 될 지경이오!”

“흠흠, 말이 심하시오!”

“크흠, 꼭 틀린 말은 아니지요. 남궁세가가 절강을 완전히 손에 넣은 후에 다른 지역에 손을 뻗지 말라는 법은 없지 않소?”

“이럴 것이 아니라 우리도 힘을 합쳐 보는 게 어떻겠소이까?”

“좋습니다. 지금 우리가 살아남을 방법은 그것뿐이오.”

“우리 세가에서도 동참하겠소이다.”

“우리 문파도 한뜻으로 행하도록 하겠소.”

무림에 흩어져 소극적으로 움직이던 강남의 세가와 문파들은 삼삼오오 자리를 함께하며 힘을 합쳐갔다. 그렇게 힘을 모은 이들은 원래의 자리로 돌아가 세가와 문파의 재건에 전력을 기울이기 시작했다.

이렇듯 그다지 긴 시간이 지나지도 않았는데 느긋한 중화의 마음가짐은 어디로 갔는지 빠른 변화를 보였다.

　마치 해적왕이라는 한차례의 태풍이 휩쓸고 지나가니 난민들이 폐허가 된 땅에 새로 집을 짓는 것처럼 무림은 원래의 모습으로 돌아가려 하고 있었다.

　그러나 모든 것이 과거와 같을 수는 없다. 해적왕 전과 해적왕 후의 사이에 큰 변화가 있는 문파도 있다.

　그중 대표적인 곳으로 뽑을 수 있는 곳이 바로 개방이다.

　천하의 거지들이 모두 속한다는 개방!

　그건 이미 옛말이 되었다.

　강남 거지들의 대세는 천의문이다. 학력거지의 깃발을 휘날리는 천의문 앞에는 관조차 함부로 대하지 못한다.

　학력은 인맥을 낳는다.

　일례로 항주의 신임 부사가 체면도 돌보지 않고 다리 밑으로 찾아가 거적때기 위에 누워 있는 늙은 거지에게 절을 한 것은 지진보다 더한 충격으로 주변에 퍼졌다.

　그렇다. 학력거지들이 심심풀이로 가르친 동네 아이들이 의외로 뛰어난 재능을 보여 과거에 급제하여 출세하는 경우가 나온 것이다.

　그들은 비록 천의문에 정식으로 가입하지 않았지만 천의문을 사문이나 다름없게 생각한다. 말하자면 속가제자인 셈이다.

　이제는 공부를 하고 싶은데 학비가 모자라면 거지를 찾아라라는 말까지 나오는 상황이다.

과거 공자는 수십 년에 걸쳐 가난한 평민들에게 학문을 가르치니, 공자에게 학문을 배운 제자들이 각국에서 행정관리가 되어 공자의 명성이 천하에 퍼졌다고 한다.

천의문을 공자에 비할 수는 없겠지만 아무튼 강남 일대에서는 거지라고 함부로 괄시하지 못하는 세상이 왔다.

반면 강북의 실세인 개방은 과거 해적왕에게 강남의 기반을 싹 잃고 나서는 전혀 새로운 거점을 마련하지 못했다.

뒤를 이은 흑룡방도 수상한 거지는 문답무용으로 모두 척살하는 과감한 수를 썼기에, 강북 말투를 쓰는 거지는 강남에 들어갈 수조차 없었다.

강호의 제일 소식정보조직이라고 할 수 있는 개방이 강남에서 힘을 잃었기에 흑룡방이 승승장구할 수 있었다고 봐야 한다.

어쨌든 이제는 슬슬 다시 강남에 분파를 만들고 싶은 개방이지만 조금 늦은 감이 있어서 이대로 가다가는 남북무림이 아닌 남북걸인의 시대가 올 것 같았다.

아니, 이미 그렇게 되었다고 해도 과언이 아니다.

하지만 현재 강남무림맹의 공식 걸인 방파는 개방이다. 강남무림맹의 구성원 중 대부분이 강북의 거대 문파들인 것과 같은 이치로 개방의 힘은 강대하고, 무공도 뛰어나 전력이 된다.

단지 정보통으로서의 역할을 못할 뿐이다.

무림맹에 거주하는 개방의 책임자는 칠결장로인 쾌설개(快舌丐) 금만인데, 그의 명호에 쾌설이 붙은 이유는 말을 잘해서가 아니라 싸우면서 욕을 너무 빨리하기 때문이다.

타구봉을 한 번 휘두를 때마다 욕이 세 개씩 튀어나간다는 금만은 장로가 되기 전까진 구구개(溝口丐)라 불렸다. 시궁창을 뜻하는 구(溝) 자를 별호에 쓸 정도이니 그의 욕설이 어느 정도인지는 가히 짐작할 만하다.

아무리 개방이라 해도 장로씩이나 되어서 별호에 시궁창이 들어가는 것은 체면이 크게 상하는 일이다. 결국 쾌설개라는 새로운 무림명을 쓰게 되었고, 그 자신도 가능하면 욕을 줄이려고 노력해 왔다.

하지만 원래 욕설을 즐겨하지 않던 사람도 불만이 많으면 튀어나오는 법이다. 조금 과장해서 천장 위로 뻗을 듯 불만이 쌓인 이가 금만이라면 그 상태는 말할 것도 없다.

혀를 깨무는 노력으로 그나마 조금씩 줄었던 욕설이 이제는 밥을 먹거나 트림을 하면서도 습관적으로 튀어나왔다. 그의 불만을 차곡차곡 더해주는 건 바로 홍의검협 강진과 같이 무림맹에 온 허인이라는 대학 걸인의 존재였다.

"아, 쓰가발. 뭐 빌어먹을 게 있다고 천의문 먹물때기가 무

림맹까지 오냐고. 그렇게 먹물이 좋으면 먹물이나 퍼먹고 뒈
지던가.”

오늘도 금만은 밥을 먹으며 욕을 하고 있었다.

입이 움직이고 혀가 진동을 할 때마다 밥풀이 삼 장이나 튀
니, 맞은편에서 같이 밥을 먹고 있는 개방도들은 죽을 맛이
다.

무림맹까지 파견 나온 거지들은 나름 출세한 거지들이다.
이곳에 있는 동안에야 구걸할 일도 없이 밥도 깨끗한 것만 먹
는 데 익숙해 있다.

그런데 금만의 구취가 섞인 침을 맞아가며 밥을 먹자니 자
꾸 옛날 땅바닥에 떨어진 나물 조각도 아까워 주워 먹던 어린
시절이 떠올라 자못 서럽기까지 했다.

그래도 산전수전 다 겪은 거지들은 조용히 고개를 숙이고
밥을 먹었다.

그때 눈치없는 한 거지가 대놓고 자기 의견을 말했다.

“장로님, 그게 중요한 게 아니라 그 허인이라는 놈이 감히
우리 앞에서 추적술에 능하다고 혓바닥을 나불거린 거 아니
겠습니까? 정말 분통 터질 일이죠.”

“아, 씨발. 내 말이 그 말이다. 그 쉐끼가 먹물을 먹다가 창
자가 꼬여도 그렇지, 어딜 비루먹은 추적술 운운하고 지랄이
야! 내 그것만 생각하면 그 쉐끼를 잡아다가 둘둘 만 창호지

로 콧구멍을 카악~ 쑤셔 버리고 싶단 말이다. 또 그 쉐끼가……."

제대로 탄력받은 금만이 고맙게도 맞장구를 쳐준 개방도를 보며 평소의 본실력을 발휘했다. 원래도 그렇지만 본격적으로 욕설에 집중하니 그 효과가 대단했다.

본시 욕이란 게 침이 많이 튀기는 발음들로 이루어져 있다. 그러다 보니 사방으로 튀던 침과 밥풀이 발언한 개방도에게 집중적으로, 그것도 세 배는 더 많이 튀었다.

거기에 중간에 들어간 새된 발음에 순수한 침이 아닌 뿌연 것들마저 섞여 튀어나가는 게 한눈에도 보였다.

순식간에 전신에 이물질로 도배를 하니 기분이 더럽기가 말로 표현하기 힘들었다.

다른 사람들은 이 틈에 얼른 밥을 먹고 트림을 하고는 배를 두드리며 슬그머니 자리를 떴다.

한번 잘못 말했다가 홀로 남아 금만의 이야기 상대가 된 개방도는 고개를 숙여 얼굴만은 사수를 하려 했지만 윗사람과 독대를 하는 상황에서 그게 가능할 리 없었다.

'아, 거지 같은. 그냥 몇 대 맞는 게 낫겠다.'

개방도는 금만이 왜 무서운 사람인지를 뼈저리게 느꼈다.

사실 금만은 전대 장로에게 자기를 후임으로 지목해 달라고 매일같이 따라다니며 조른 경력이 있다.

그때 전임 장로가 금만의 입 냄새와 파편에 항복하는 바람에 현재의 개방 장로 금만이 탄생하게 된 것이다.

그걸 아는 사람은 많지 않지만 그래도 아는 사람은 알기에 금만은 개방의 수뇌부에서도 기피대상 일순위였다.

*　　　*　　　*

"추마대(追魔隊)를 결성한다고요?"

대학걸인 허인으로 화한 묘인은 무림맹의 관리가 찾아와 전하는 말에 확인하듯 되물었다.

"그렇소이다. 원래 허 협개께서 움직인 이유도 바로 그것 아닙니까? 여태까지는 비공식적으로 단서가 나타날 때마다 움직였지만, 이제 무림맹의 공식 기구로 힘을 실어야 할 때라는 거지요."

무림맹의 관리는 정중한 목소리로 설명을 했다.

최근 몇 번에 거쳐 허인의 활약으로 잔당들을 무찌른 전력이 있다. 그런데도 해적왕이 나타나지 않으니 필시 음지에서 음모를 꾸미고 있을 터.

이대로 있다가 당하기보다는 하나라도 해적왕의 세력을 찾아 척마멸사를 하고 가능하면 숨겨진 음모를 파헤치자는 것이 이번 추마대의 결성 이유라 할 수 있었다.

　대의와 실리를 둘 다 어느 정도 만족시키는 안건이 바로 추마대 결성이다. 이 일은 추진할 만하다고 관리는 개인적으로 생각하고 있었다. 그래서인지 전후사정을 설명하는 말에 힘이 있었다.

　"그렇군요."

　허인이 자초지종을 이해했다는 듯 고개를 끄덕이자 관리는 품속에서 한 장의 서류를 꺼내 그에게 건넸다.

　"그래서 우리 무림맹에서는 추마대의 조장 중 한 명으로 허 협개를 추대하기로 했소이다. 부디 대의를 생각해서 거절치 말아주시기를 바라오."

　"저를 조장으로 말입니까?"

　허인은 그때서야 왜 무림맹에서 일부러 자신을 찾아와 이런 이야기를 하는지 알았다. 한마디로 백의종군하던 그에게 공식 기구의 자리를 마련해 주겠다는 뜻이다.

　"그렇다면 다른 조장이나 대주는 누가 역임하기로 되어 있습니까?"

　허인은 다시 물었다.

　관부에서 산전수전을 다 겪은 그는 맛있는 먹이를 준다고 바로 덥석 물지 않았다. 물론 몇 번의 소탕 작전에서 추적술로 크게 활약한 것은 사실이지만, 그에 비해 과한 자리다.

　사실 무림맹에 사람이 없는 것도 아니니 이런 제안에는 다

반대급부가 있는 법이라고 그는 생각하고 있었다.

허인이 자리를 거절할 이유가 없다고 확신하는 터라 관리는 망설임없이 자신이 아는 바를 말했다.

"추마대 대주로는 개방의 쾌설개 금만 협개께서 맡기로 하신 듯합니다. 그 외에 조장으로는 개방의 초구비(超狗鼻) 후추 협개와 제갈세가의 십리안(十里眼) 제갈등평 대협, 또 청해의 흑편복 엽문 대협께 부탁드리기로 했습니다. 그러니까 조직 체계는 일 대주 사 조장으로 이루어지고, 총인원은 일 조에 오십 명씩 약 이백 명이 될 것입니다."

이 정도면 무림맹의 새로운 주력 조직 중 하나가 될 만하다. 조장을 맡은 사람들이 하나같이 명성이 높아 어디가도 결코 천대받지 않을 수준이다.

여기에 조금만 실적을 올리면 사실상 무림맹의 움직임을 주도하는 선봉 역할을 할지도 모른다고 허인은 판단했다.

'그렇다면 더더욱 받아들일 수 없겠군!'

결심을 굳힌 허인이 입을 열었다.

"죄송하지만 저는 강 소협을 돕기 위해 이곳에 온 처지이고 정식으로 무림맹에 소속된 것도 아니니 자격이 없는 듯합니다. 따로 명망과 능력있는 사람을 선출해 달라고 맹주께 전해주십시오."

의외의 대답에 관리는 약간 당황해했다. 이런 실속있는 자리를 걷어차는 사람도 있단 말인가?

관리는 속으로 생각했다.

'거지라도 체면을 차리는구나. 형식상 세 번은 거절하겠단
말이지?'

좋은 자리일수록 마지못해 받는 시늉을 하는 게 바로 사람
의 심리다. 또 그게 미덕이라고 믿는 사람도 많다.

여기서 '아, 그렇습니까?' 하고 가버리면 그야말로 큰 난
리가 나고 평생 불구대천의 원수가 하나 생겨나게 되는 것이
다.

관리는 재차 포권을 취하며 간곡하게 말했다.

"맹주께서는 허 협개의 추종술이 천하의 짝을 찾기 어려울
정도니 꼭 추마대의 선봉을 맡아달라고 말씀하셨습니다. 맹
주의 정성을 보셔서 사양치 말고 맡아주시지요."

"죄송합니다."

"그러지 마시고."

"죄송합니다."

허인이 세 번이나 거절하자 관리는 살짝 인상을 찡그렸다.

세 번 연속 거절은 예의나 인사치레가 아니라는 뜻이다. 충
분히 권한 셈이니 이제는 안면을 그어도 상대가 뭐라고 할 수
없을 터.

관리는 그래도 나름 표정 관리를 하며, 안타깝다는 표정으

로 정중하게 거절을 받아들였다.

"아, 그럼 어쩔 수 없지요. 맹주께 그렇게 보고드리겠습니다."

관리는 좋은 소식을 전하러 왔다가 거절을 당하니 괜히 기분이 나빴지만 결코 내색을 하지는 않았다.

대신 이제는 후회해도 늦었다고 속으로 중얼거리고는 대충 인사를 하고 바로 몸을 돌려 나가 버렸다.

예를 지켜 그를 방 밖까지 배웅하고 다시 방 안으로 들어서는 허인의 얼굴에는 사양한 자리에 대한 미련이라고는 한 점도 보이지 않았다.

원래 그는 명리를 추구하는 사람이 아니고 또 어차피 허인이란 이름은 일시적으로 만든 것일 뿐이다. 무림맹에서 자리를 탐할 하등의 이유가 없었다.

하지만 허인이 필요없다고 해도 누군가는 꼭 허인을 추마대의 조장 자리에 앉히고 싶어했다.

그래서 다음날 개방의 고수이자 또 다른 조장 후보인 초구비 후추가 허인을 찾아왔다.

"허 협개 계신가?"

초구비 후추는 나이가 사십이 약간 넘었는데 겉모양은 이미 초로에 든 것처럼 보였다.

특히 머리가 완전히 하얗게 세어서 얼핏 보기엔 환갑도 훨

썬 넘어 보였다. 또 체격도 왜소할 뿐만 아니라 수전증이 있는 듯 양손을 끊임없이 떠는데 보기만 해도 동정심을 자극했다.

그러나 겉보기와는 달리 이 후추란 사람은 그야말로 개방이 자랑하는 고수 중 한 명이다.

그가 수전증 걸린 손으로 던지는 비황석은 독과 암기의 명문인 당씨세가에서도 서슴없이 엄지손가락을 내밀 정도라고 알려져 있다.

사실 말이 비황석이지 알고 보면 각지고 납작한 돌멩이를 강가에서 골라 물에 튕기며 연습을 했다고 한다. 그래서 초구의 성명절기인 이 암기술 이름은 탄수편(彈水片)이다.

또 후추는 개보다 예민한 후각으로 유명하여 이쪽으로 명성을 얻었는데, 일단 그가 냄새를 기억하면 십 리 이내에서는 절대 피할 수 없다고 했다.

허인은 후추를 보며 속으로 역시 하고 중얼거렸다. 어제는 대충 감이 오는 수준이었다면 오늘은 심증을 굳힌 셈이다.

허인은 태연하게 밖으로 나가 후추에게 인사를 했다.

"후 협개께서 웬일이시오?"

"허허, 무슨 일이긴. 거지끼리 인사나 하려고 왔지."

"저런, 그렇구려. 어서 들어오시오. 내 돼지고기 삶은 게 조금 있으니 술이나 합시다."

"화통하구먼. 그럼 오늘 강남의 풍경이나 한번 들어보세."

속으로 꿍꿍이를 감춘 후추나 그걸 알면서도 환대하는 허인이나 다 능구렁이를 서너 마리는 삶아먹은 듯했다.

어쨌거나 둘은 무림맹에서 배급한 분주와 수육을 주거니 받거니 하며 강남과 강북의 인심에 대해 말했다.

말하자면 과거의 동냥 경험담을 자랑하듯 펼쳐 놓아 서로의 경륜을 살피는 것이다.

허인은 사실 관인으로 실제로 비럭질을 한 경험은 많지 않았다.

하지만 그가 천의문에 놀러갔을 때 술 마시며 하는 이야기 중 태반이 이쪽이라, 그의 비럭질 경험담은 그야말로 천의문 요인들의 경험담을 종합하여 요점만 발췌한 것이라 할 수 있었다.

자신이 한 일이 아닌지라 훨씬 더 그럴듯하게 꾸미는데 가끔씩 문자도 섞어 넣으니 영락없이 천의문의 대학걸인의 풍모가 풍겼다.

"그러니까 그때 그 파락호가 시를 한 수 읊어야 동냥을 하겠다고 그러는 게 아니겠소? 그놈에게 시를 읊어주는 거야 어렵지 않지만 그놈도 품속에 동전 한 푼 없는 게 뻔히 보이는데 무슨 동냥을 한다는 건지. 그야말로 거지 놀리는 수작이지."

"옳거니!"

"내 그래서 말했소. 내가 학문만 한 게 아니라 주역도 조금 공부했는데, 네놈의 관상을 보니 나보다 더한 상거지 상이다. 내가 너에게 동냥을 하고 싶을 정도인데 어찌 시까지 읊어가며 손을 벌리겠느냐."

"허허, 그것참 통쾌하군."

"그렇지요. 그놈이 황당해하기에 제가 계속 밀어붙였지요. 그러지 말고 네 품속에 손을 한번 넣어 동전을 한 닢이라도 꺼내보아라. 품속으로 들어간 손이 먼지 이외에 다른 걸 집어 나올 수 있다면 내 네 다리로 땅바닥을 기며 개처럼 짖어 보이겠다."

"커커커커, 그래서 그놈이 동전을 꺼냈소?"

"없는 동전이 어떻게 나올 수 있겠소? 이래 봬도 내가 돈 냄새는 귀신같이 맡는다오. 음, 참고로 후 협개도 지금 땡전 한 푼 없구려. 아무리 거지라도 바짓고랑에 비상금은 조금 매달아두구려. 급할 때 돈이 없으면 참 더럽게 서럽다오."

후추는 감탄성을 터뜨리며 무릎을 쳤다.

"귀신이군. 이제 보니 허 협개는 추적술의 달인이 아니라 추전술(追錢術)의 달인이었구려."

"본시 돈을 좇으면 사람도 좇게 되는 이치지요."

"옳으신 말씀이오."

허인의 경우 원래의 신분인 관인이었을 때에는 항상 냉정하고 말도 많지 않아 가까운 친구도 그다지 없는 형편이었다.

하지만 일단 그가 다른 신분으로 변장을 하면 사람이 바뀐 듯이 허풍을 떨고 술을 마시는데, 이건 그의 내면의 욕망의 분출이라고도 할 수 있었다.

그래서 허인은 변장하고 다른 사람의 행세를 하는 것을 그다지 힘들어하지 않았다.

이제 거지가 되어 또 다른 거지와 술을 마시니 세상 살 맛이 났다.

이런 기분은 상대인 후추에게도 전해져 후추는 허인에게 상당한 호감을 느끼게 되었다. 즐거움은 전염되는 성질이 있어 후추도 이야기를 하면 할수록 기분이 좋아졌다.

술기운이 거나하게 오르고 분위기가 좋아지자 후추는 슬쩍 본론으로 들어갔다.

"그런데 허 협개, 그런 좋은 재주를 지니고 있으니 우리 무림맹에 한팔 도움을 주시는 게 어떻겠소? 이미 들었겠지만 이번에 결성되는 추마대는 허 협개처럼 경륜있고 또 추적술이 능한 사람이 앞에 나서줘야 제 몫을 할 수 있다오."

"커흠, 추마대 결성은 좋은 계획이라 할 만하지요. 하지만 저는 무림맹 소속이 아니니 뜬금없이 조장 직위를 맡았다가는 낙하산 인사라고 주위의 손가락질을 받을까 겁이 나는군요."

“어허, 이런 비상시엔 능력이 최우선되어야 하는 법. 허 협개의 명성과 경륜으로 볼 때, 비록 무림맹에 소속되어 있지 않다고 해도 아무도 반대를 하지는 않을 것이오.”

허인은 속으로 웃었다.

없던 사람을 새로 만든 지 이제 한 달인데 무슨 명성과 경륜이 있을까?

현재 그의 이름이 가지는 무게는 딱 두 개다.

하나는 천의문의 대학걸인이라는 것. 또 하나는 강진이 데려왔다는 것.

물론 해적왕 잔당을 몇 차례 찾아내긴 했지만, 거기에 그의 추적술이 한몫을 했다는 것을 아는 이는 무림맹의 몇몇 사람에 불과하다.

비록 눈앞의 후추가 싫은 것은 아니나 마음속에 꿍꿍이를 숨기고 있는 상황이니 허심탄회하게 대할 수는 없다.

허인은 다시 고개를 저으며 말했다.

“과찬이시오. 제가 조금 명성을 얻었다고 해도 어찌 개방의 장로이신 금만 협개님의 아래에서 후 협개 같은 고수와 나란히 명을 받을 수 있겠소? 그저 심부름꾼으로 쓰겠다고 해야 맞지요.”

이 말에 후추의 안면 근육이 경직되었다. 속으로 씨불이란 욕이 저절로 튀어나올 정도였다.

‘알고 보니 이 능구렁이 같은 거지새끼가 이미 감을 잡았구나.’

과연이라고 감탄할 뻔했다.

허인이 말한 내용은 그야말로 쾌설개 금만의 속셈을 십 할 꿰뚫어 본 것이라 할 수 있었다.

사실 허인을 조장으로 추천한 사람이 바로 금만이다.

그의 속셈은 두 가지인데 하나는 자신의 휘하에 넣고 빡세게 부려먹으며 구박하겠다는 것이고, 또 하나는 추마대를 운영하면서 허인으로부터 강남과 천의문의 정보를 빼내겠다는 것이다.

개방에 이익이 되는 것은 후자이지만 금만의 흉중에는 전자에 비중이 실려 있었다.

“커흠, 겸손이 심하시군. 천하의 누가 허 협개를 심부름꾼으로 쓸 수 있겠소?”

억지로 말을 돌리고 부인하려 해도 너무 정곡으로 찔려서 자꾸 헛기침이 나왔다.

허인은 다시 말했다.

“그리고 내 솔직히 말해 추적술에서 큰 비중을 차지하는 것이 바로 그 지방에 대한 지리와 관습의 숙지가 아니겠소? 내 운이 좋아 몇 번 성공하긴 했지만, 상당히 한계를 느끼고 있던 참이오. 그래서 말인데, 추마대가 강북에서 주로 활동할

거면 몰라도 강남에서 적의 은거지를 캐내려면 아무래도 강
남 분을 대주로 삼는 게 좋을 듯하오.”

“커흠, 커흠, 그건 허 협개의 말씀이 옳소이다.”

입이 열 개라도 반론의 여지가 없다. 후추는 씁쓸하게 웃으
며 대답했다.

이미 상대가 눈치를 챘으니 더 이야기를 해서 무엇 하겠는
가? 괜히 개인적인 호감마저 잃을 수 있으니 오늘은 이쯤에서
끝내는 것이 나으리라.

후추가 마음속으로 승복을 하여 더는 권하지 않으니 허인
도 그 사실을 물에 흘려보내고 그 이상 언급하지 않았다.

두 사람은 화제를 돌려 세간의 이야기를 하며 술을 마셨다.
정치적인 요소가 빠지니 확실히 분위기가 살아났다.

그렇게 그날 하루는 화기애애하게 끝냈다.

나중에 보고를 받은 금만이 괜히 백회혈에 열을 받아 길길
이 날뛴 것은 말할 필요도 없는 소소한 사건이다.

*　　　*　　　*

허인은 그것으로 이야기가 끝나리라 생각했다. 그런데 예
상외로 허인의 말이 무림맹 수뇌부로 전해지면서 새로운 반
향을 일으켰다.

　신창 양세방은 회의에서 이 사실을 지적하며 말했다.

　"강남에 있는 해적왕의 세력을 찾는 데에는 강남의 호협들이 주축이 되어야 합니다. 그러니 추마대의 구성원은 주로 강남의 세가 분들이 맡는 게 좋겠습니다."

　"그렇다면 우리 개방은 이 일에서 빠지란 말입니까?"

　금만이 불만을 토로했다. 정보전에서 개방이 빠지는 일은 수치라 생각하는 그였다.

　그러나 양세방은 이 점에 있어서는 개방의 체면을 세워줄 수 없다는 듯 단호하게 말했다.

　"강북에 따로 추마대를 만들지 않아도 된다고 판단한 것은 개방이 있기 때문입니다. 개방의 도움이라면 열 개의 추마대를 운영하는 것보다 훨씬 큰 효과를 발휘할 수 있지요. 하지만 강남은 다릅니다. 과연 개방이 도움이 될까요?"

　"개방을 얕보지 마시오. 추적과 정보 확보에 있어 우리만큼 확실하게 조직 체계를 구축할 수 있는 문파는 천하에 또 없을 거요. 마음만 먹으면 금세 강남 일대에 정보망을 구축할 수 있소."

　"흐음. 군사께서는 어떻게 생각하십니까?"

　양세방은 예상외로 상대가 강하게 나오자 제갈세가주인 제갈모에게 슬쩍 운을 띄웠다.

　이건 책임 회피가 아니라 맹주가 단독으로 결정하기 어려운 일에 군사의 도움을 받는 것으로 이렇게 되면 하나가 아닌 둘의 의견이 되고, 또 맹 전체의 지지를 얻기도 쉽다.

제갈모는 수염을 쓰다듬으며 조심스럽게 말했다. 이 일은 개방의 체면이 걸린 일이니만큼 자칫 잘못 말했다가는 거지 떼의 원한을 살 수가 있는 것이다.

"금 장로께서 그렇게까지 말씀하시니 개방을 믿고 맡기는 것도 나쁘진 않을 것 같습니다. 원래 추마대를 결성하려는 것은 급하고 긴요한 일이라기보다는 적이 숨어들어 자취를 감추니 이쪽에서 움직이자는 취지였지요. 그런 만큼 꼭 크게 실적이 없어도 무리가 생기진 않을 것입니다."

그렇다. 추마대가 실패해서 해적왕의 세력을 찾아내지 못한다고 해도 당장 무림맹에 큰일이 생기는 것은 아니다.

그런 만큼 개방의 체면을 세워주고 기회를 주어도 별로 상관이 없다.

단지 제갈모의 말속에는 실적이 없을 경우 책임도 개방이 져야 한다는 뜻이 숨어 있었다. 당연한 일이다.

그때 옆에서 듣고 있던 초구비 후추가 손을 들고 말했다. 원래 후추는 금만의 동향 후배로 개방에서는 금만의 상담역으로 후추를 배치한 것이다.

"잠시 금 장로님과 상의를 하고 싶은 일이 있는데 괜찮겠습니까?"

“그러시오.”

양세방이 허락하자 후추는 금만을 데리고 밖으로 나갔다.

“금 장로님, 이 일은 방주의 허락을 받아야 합니다.”

“뭐야? 왜? 무림맹 일은 다 내가 맡기로 했잖아.”

“무림맹의 일이라고 하기엔 문제가 좀 커진 감이 있습니다. 이번 일이 잘못되면 개방 전체에 큰 누가 됩니다.”

금만이 평소에 남의 말을 듣는다고 하면 그건 개방의 용두 방주인 철권개 보횡과 삼십 년 전부터 같이 동냥질을 해온 후추뿐이다.

후추가 진지하게 말을 하자 금만도 더 이상 자기 주장만 하지 않고 신중한 표정이 되었다.

“씨발, 그렇게 문제가 커질까?”

“솔직히 지금 강남에서 개방이 제대로 된 정보망을 구축하려면 얼마나 걸릴 것 같습니까?”

“거야, 일 년이면 되지 않을까?”

“턱도 없습니다. 최하 오 년은 걸릴 겁니다.”

“쩝, 그런가.”

“그것도 다른 방해가 없다는 가정하의 일입니다. 해적왕의 세력이 그토록 은밀하게 숨어 있는데, 그 위에 경솔하게 정보망을 구축하려다가는 오히려 적에게 이용당할 가능성도 크지요.”

“하긴.”

금만도 바보는 아니니 후추의 말을 알아들었다.

과거 개방이 이런 쪽으로 시도를 안 해본 것은 아니다.

그런데 오히려 흑룡방에게 이용만 당하고 종국에는 철저하게 뿌리가 뽑혔다.

이미 상대편 쪽에서 은밀한 정보망을 구축한 지역에 새로 조직을 구성하는 것은 정말로 위험하고도 힘든 일인 것이다.

반대로 말해 누가 강북에 개방 모르게 조직을 만들려면 그것도 쉬운 일이 아니다.

흑룡방이나 해적왕의 조직들은 거의 십 년에서 이십 년에 걸쳐 그 일을 한 바 있다.

“그러니 개방의 주도로 추마대를 만드는 게 결코 좋은 일이 아니란 겁니다. 실적을 못 올리고 유명무실해지면 다른 문파 사람들의 원망과 비웃음을 받게 되지 않겠습니까?”

“씨발, 그럼 어쩌란 거야?”

“차라리 반대로 하죠.”

“응?”

“마침 천의문의 허인이가 와 있으니 우리가 천의문을 추천하는 겁니다.”

“이런 비루먹은 개 혀껍데기 같은 놈아. 무슨 그런 거지도 못 먹고 토할 썩은 구데기 같은 소리를 하는 거냐?”

“아, 글쎄 욕하지 마시고 제 말을 끝까지 들어보세요. 여기서 우리가 잠시 허리를 굽히고 실리를 취하면 강남에 한 발을 디딜 수 있단 말입니다.”

“씨발아, 강남이고 뭐고 천의문을 인정하는 짓은 죽어도 못하는 게 바로 우리 개방의 자존심이 아니냐!”

“거, 거지가 자존심 세워서 어따 씁니까? 동냥 잘하고 개 잘 쫓으면 된 거지.”

“이 쉐끼가 자꾸 과거 생각나는 대사 쓸래?”

이걸로 대화는 끝이 났다. 금만은 더 이상 후추의 말을 들으려 하지 않았고, 후추도 그걸 오랜 경험으로 알았다.

후추는 한숨을 내쉬며 말했다.

“그럼 천의문 건은 넘어가고, 아무튼 개방이 주도하겠다는 소리는 하지 마십시오. 가능하면 대주도 장로님이 아닌 제갈 군사 같은 사람에게 미루시는 게 좋을 것 같습니다.”

“알았어, 쉐끼야.”

금만이 그래도 여태까지 사고 안 치고 장로 직을 계속할 수 있었던 것은 전적으로 후추의 공이 컸다. 금만도 그걸 알기에 후추의 조언을 받아들였다.

두 사람은 회의장 안으로 들어가 개방이 강남에서 제대로 힘을 쓸 수 없다는 것을 솔직하게 시인했다. 그리고는 제갈모가 추마대의 대주 직을 역임할 것을 주장했다.

"제갈세가는 원래 뿌리가 강남 일대이고, 또 정보에도 능통합니다. 그러니 제갈세가에서 추마대를 주도하는 것이 좋겠습니다."

"오, 개방 장로께서 그렇게 강력하게 추천하시니 군사께서는 심사숙고하시는 것이 어떻겠습니까?"

양세방도 모처럼 나온 건설적인 의견에 적극 지지 의사를 표명했다. 그러나 제갈모는 잠시 생각을 한 다음에 말을 꺼냈다.

"저희 제갈세가에서 일을 주도하는 것은 어렵지 않습니다만, 여러분들께서 괜찮으시다면 이 기회에 새로 제안을 하나 할까 합니다."

"그것이 무엇인지요?"

"갑자기 이 자리에서 말을 하긴 그렇고, 맹주와 조금 상의를 한 다음에 다시 거론하기로 하지요."

"음, 그렇다면 추마대에 대한 추진은 일단 제갈세가에서 주도하는 것으로 하고, 정식 인선은 다음 회의에서 결정합시다."

양세방이 선언하고 다른 사람들이 반대를 하지 않자 그것으로 회의는 끝났다.

사람들은 제갈모의 의중을 몰라 궁금해했지만 어차피 다음 회의에서는 알게 될 일. 잠시 호기심을 접고 각자 자신의 거처로 돌아갔다.

　회의가 끝난 후, 맹주의 집무실에서 양세방과 제갈모 두 사람이 만났다.
　"그래, 군사께서 하고 싶은 이야기란 무엇입니까?"
　양세방이 묻자 제갈모가 답했다.
　"아무래도 추마대가 최대의 효과를 보기 위해서는 맹주께서 개방의 방주님을 만나보셔야 할 것 같습니다."
　"그게 무슨 소리입니까?"
　"오늘 개방이 깨끗하게 발을 뺀 것은 바로 강남에서 그들이 힘을 못 쓰기 때문이라 할 수 있지요."
　"그건 그렇지요."
　"그렇다면 지금 강남에서 그쪽으로 가장 힘을 쓸 수 있는 문파는 어디겠습니까?"
　"흠, 그건 군사의 가문이 아니겠소?"
　"아닙니다. 저희 가문의 정보력이 남보다 뒤떨어지는 것은 아니지만 사실 숨겨진 적의 은거지를 찾는 데에는 아무래도 좀 부족함이 있지요. 강북에서도 수많은 명문대파가 있는데 정보로는 개방을 제일로 쳐주는 이유가 어디에 있겠습니까? 제갈세가 역시 사람을 골라 뽑아 수가 모자라고, 체면상 저잣거리의 은밀한 곳에는 쉽게 들어가지 못하는 단점이 있습니다."

확실히 사람을 찾다 보면 백성들과 밀접한 관계에 있지 않으면 안 된다.

명문대파보다는 하류문파가 지역 정보에 정통하고, 또 선비보다는 거지가 소문에 민감한 이유가 거기에 있었다.

양세방은 알았다는 듯 한 번 고개를 끄덕이고는 말했다.

"혹시 군사께서는 천의문을 말씀하시는 것입니까?"

"그렇습니다. 비단 천의문뿐만 아니라 각 지역에 자리 잡은 신흥 걸인 방파들이 아무래도 그 지역의 정보에 가장 정통하다고 봐야 할 겁니다."

"으음, 그렇다면 제가 개방의 방주를 만나 그들을 무림맹에 끌어들이는 것에 대한 양보를 구해야겠군요."

"그게 가장 큰 문제라 할 수 있겠습니다."

"쉽지는 않을 것 같습니다."

"예, 저도 그렇게 생각합니다만, 이번 경우는 적포천존의 이름을 팔아 어떻게 되지 않겠습니까?"

"오호, 적포천존의 이름을 판다라… 나쁘지 않군요."

확실히 현 상황에서 적포천존의 이름은 놀라운 효과를 발휘한다.

양세방이 임시 맹주의 자리에 앉은 것도 적포천존의 영향이라면 영향이고, 무림맹에 웅크리고 있던 각 문파의 거물들이 어쨌거나 강남 각지로 퍼져 나가 활동을 하고 있는 것도 다 적포천존이 죽여 버린다고 협박을 했기 때문이다.

거기에 적포천존의 제자인 강진의 협행으로 인해 명성이 중원에 퍼지면서 적포천존과 강진은 그야말로 대의명분의 중심에 서게 되었다.

이전의 말도 안 되는 깽판이 아닌, 조금은 거칠지만 나름 일리있는 주장으로 평가되고 있는 것이다.

적포천존과 강진이 주장하는 것은 간단하다.

모든 허세를 버리고 목숨 걸고 적과 싸워라.

이것이다.

이걸 추마대에 적용하면 개방도 쉽게 고개를 옆으로 젓지 못하리라.

거지의 영역 싸움 때문에 강남에 해적왕의 세력을 그대로 놔둔다고 하면 그야말로 하늘이 용서해도 적포천존이 용서하지 않을 가능성이 크다.

개방의 용두방주의 용두(龍頭)가 몸뚱어리와 분해되는 결과가 나오지 않는다는 보장이 없다.

"미묘하긴 하지만 말만 잘하면 어떻게든 될 것 같습니다. 제가 한번 철권개와 대화를 나눠보지요."

"그럼 부탁을 드리겠습니다."

그렇게 논의가 끝나고, 양세방은 급히 사람을 보내 개방의 방주인 철권개 보횡에게 만나자는 전갈을 전했다.

삼 일 뒤, 철권개 보횡은 만사를 제치고 후개인 팔영곤(八影棍) 등악과 함께 무림맹 총단으로 찾아왔다. 다행히도 멀리 있지는 않았던 모양이다.

해적왕이 무림맹 총단을 친 후, 개방에서도 기존의 총단인 개봉에 여러 가지 대비를 하는 한편 방주와 후계자인 후개 이하 여러 장로들이 모습을 감추었다.

방주라고 해도 거지 생활을 마다하지 않는 게 개방이다. 마음먹고 거지들 사이로 들어가 버린 철권개 보횡의 행적은 그야말로 오리무중이었다. 그가 어디에 있는지는 방도들조차 쉽게 알지 못할 정도로 다른 문파들과는 또 달랐다.

"맹주, 본 거지를 왜 찾으셨소?"

성격 급하기로 중원에서 손꼽히는 철권개는 양세방을 보자마자 인사 대신 손에 든 타구봉을 건성건성 흔들며 물었다.

하지만 양세방은 체면과 양식이 있는 사람이라 한 방파의 방주와 서서 이야기를 나눌 순 없었다.

"자자, 일단 안으로 들어가서 이야기합시다."

양세방이 손을 펴서 권하자 철권개 보횡과 팔영곤 등악은 맹주의 집무실로 들어갔다.

안에는 각종 튀긴 고기를 담은 바구니와 큼지막한 술병이 놓여 있었는데, 그건 개방 사람들과 중요한 이야기를 할 때에 특별히 준비하는 예식이나 다름없었다.

보횡은 맹주가 자신들의 분위기를 알고 맞춰주자 히죽 웃으며 얼른 들어가 의자에 앉았다.

먹을 게 눈앞에 보이자 이야기를 듣자는 말은 어디론가 가버렸다.

등악 역시 보횡 옆에 앉아 양세방이 권하기도 전에 얼른 땅콩을 넣어 튀긴 개다리를 하나 집어 들었다. 일단 먹고 나서 생각하는 개방의 기본 마음가짐에 충실한 모습이었다.

어느 정도 식사가 끝나고 술도 오갔다. 그때서야 보횡은 배를 두드리며 양세방에게 다시 물었다.

"그럼 이제 용건을 들어봅시다. 왜 부르신 거요?"

"다름이 아니라 이번에 추마대 건으로 인해 방주와 진지하게 상의할 일이 있어서 말입니다."

양세방은 조심스럽게 이야기를 꺼냈다.

보횡은 묵묵히 양세방의 말을 다 들었다.

결국 강남에서 효과적인 정보 조직을 구축하기 위해서는 강남 거지들의 도움이 필요하다는 것. 그리고 그걸 개방이 용인해야 이 일이 진행될 수 있다는 내용이었다.

"맹주의 말씀은 잘 알겠소. 무엇보다 그게 대의를 위해서 좋다는 것도 알 수는 있지요. 하지만 말이오. 순간의 대의도 중요하지만 개방의 역사에 지켜야 할 규율도 있는 법이오. 그건 내가 아무리 방주라고 해도 쉽게 결정할 수가 없는 문제인 거요."

역사까지 나오면 이야기는 끝이다.

지금 보횡은 적포천존이 자기를 때려죽여도 안 된다고 말하고 있는 것이다. 확실히 천하제일방이란 호칭이 붙는 개방의 방주답게 결정적인 순간에 결코 꼬리를 내리지 않았다.

"그렇습니까."

양세방은 한숨을 내쉬면서도 더 이상 보횡에게 간청하지 않았다.

안 되는 것은 안 되는 것.

양세방 역시 성격상 그런 부분이 있는 만큼 보횡의 고충을 이해할 수 있었다.

보횡은 다시 말했다.

"확실히 이 일은 우리 개방이 책임을 져야 할 것 같소이다. 적을 상대하면서 최선을 다하지 않는 것은 죄악이라는 적포천존의 말에 이견은 없소. 맹주께서는 우리 개방을 일시적으로 맹에서 내치시고, 천의문을 받아들여 추마대를 구성하십시오. 개방은 결코 원한을 가지지 않고 계속해서 맹에 협조를 할 것입니다."

물러날지언정 용인할 수는 없다. 그것이 보횡의 결론이었다.

양세방은 고개를 저었다.

"그건 있을 수 없는 일입니다. 이렇게 된 이상 제갈세가에 부탁을 하는 게 최선인 것 같군요."

"제갈세가가 나서준다면 우리 개방은 기꺼이 그들의 손과 발이 되어 궂은일을 하겠소이다."

"그렇게까지 하실 필요는 없습니다. 아무튼 다음 회의에는 그렇게 일을 진행하겠습니다."

이것으로 일은 결정된 것이나 마찬가지이다. 그런데 옆에서 듣고 있던 후개 등악이 손을 머리 위로 들어 올렸다.

보횡은 인상을 찡그리며 말했다.

"뭐냐? 할 말 있으면 걍 해라."

"그러니까 말입니다, 사부님."

"사부라 하지 말고 방주라 해라. 여긴 공석 아니냐."

"호칭이 중요하긴 하죠. 방주님, 전통과 역사라고 하셨는데, 자고로 우리 개방에서 제일 첫손으로 따지는 건 의리와 협행 아닙니까? 이거 왠지 모르게 의리와 협행과는 조금 엇갈린 것 같습니다."

보횡이 더욱 인상을 쓰며 말했다.

"그런 건 나중에 조용히 둘이서 따져 보자."

"에이, 사부님하고 저하고 둘만 있으면 언제 말로 해결이 된답니까? 철권 한두 방이면 끝나는 거죠."

"너 지금 맹주 앞에서 하극상하자는 거냐?"

"원래 제가 무식한 건 천하의 거지가 다 아는 사실 아닙니까. 조금 개기는 건 봐주십쇼."

"그래서 결론이 뭐냐?"

"천의방이 나쁜 방파는 아니란 거죠."

"그래도 개방은 아니다."

"에이, 개방이 아니면 단가요?"

"이 경우에는 다다. 나도 배운 편은 아니라서 설명은 잘 못하겠는데, 단순하게 따질 수 없는 경우도 있다. 방주 하기가 쉬운 줄 아냐?"

보횡은 거의 폭발하기 일보 직전인 표정이었다. 하지만 그는 억지로 참았다.

사실 개방의 오랜 역사 중에 수많은 방주가 나왔지만 철권개 보횡만큼 고생을 한 사람은 많지 않을 것이다.

보횡이 개방의 방주가 되자마자 해적왕이 강남을 휩쓸어 수많은 거지들이 죽어나갔다. 그건 정말 큰 재난으로 개방의 세력 절반이 하루아침에 사라진 셈이다.

그 뒤로도 심심하면 일이 터지고, 강남에는 새로운 걸인 방파들이 생겨났다.

개방의 심정으로는 해적왕에게 당해 힘을 잃은 사이 어중 이떠중이들이 득세를 한 것으로, 이들 중에는 틀림없이 해적 왕의 부하도 있을 것이라는 생각마저 들었다.

그 결과 개방은 강남의 어떤 걸인 방파도 인정하지 않겠다 는 결정을 내린 바 있었다. 어설프게 인정을 했다가는 개방에 해적왕의 마수가 스며들 수도 있는 문제이기 때문에 아무리 조심을 해도 모자라지 않았다.

이렇듯 개방이 흔들리는 세월 속에서 묵묵히 철권을 휘두 르며 거지들을 지휘해 온 보횡은 이제 나이가 들어 허리도 굽 었다. 육체의 노화가 내공의 한계를 넘기 시작한 것이다.

그나마 주변에 쓸만한 인재가 있어 일찍이 제자로 받아들 여 심혈을 기울여 키운 것이 위안이라면 위안이다.

그게 바로 현 후개인 팔영곤 등악인데, 문제는 이놈이 세상 무서운 줄 모르고 너무 협의만 찾는다는 데에 있었다.

무식하고 공부 안 한 건 철권개나 팔영곤이나 막상막하지 만 세월의 경륜이 있다 보니 철권개에겐 아직 삼십대인 팔영 곤은 어린아이처럼 보였다.

언제 이놈이 철이 들어 방을 물려줄까 생각하면 눈앞이 아 득하다.

보횡은 일단 등악에게 더 이상 말하지 말라고 손짓을 했다.

등악은 즉시 입을 다물고 조용히 앉아서 다시 고기 조각을 하나 입에 넣었다.

그렇게 회담은 끝나고 보횡과 등악은 접객실로 들어갔다. 그때서야 등악은 다시 입을 열었다.

"에휴, 사부님. 그러지 말고 걍 천의문과 손을 잡읍시다. 제자가 보기에 천의문은 괜찮아 보인다니까요. 학력거지! 이거 얼마나 멋있습니까?"

등악의 눈이 반짝반짝 빛났다. 그 역시 어려서 일자무식이었다가 개방 방주의 제자가 되면서 무공구결과 보고서를 읽기 위해 천자문만 겨우 배웠다.

개방의 무공구결은 다 구전이라 문맹이라도 상관없었지만 다른 문파의 무공도 교양상 어느 정도는 익혀두어야 했기에 방에 있는 비급들을 보고 익혔다.

하지만 천자문으로는 그 비급을 만족스럽게 해석할 수 없어서 만날 남에게 물어야 했다. 못 배운 한이 마음 한구석에 남아 있는 등악에겐 천의문의 학력거지는 선망의 대상이었다.

비단 그뿐만이 아니라 다른 개방도 중에서도 천의문에 막연한 호감을 가진 자가 적지 않았다.

"크음, 정말 넌 천의문을 인정하고 싶은 거냐?"

보횡도 이번에는 조금 신중하게 제자의 의견을 되물었다. 등악이 이럴 정도면 문제가 가볍지 않다고 그는 판단했다.

“인정이고 뭐고, 사실 전 그 천의문 문주님을 사부로 모시고 싶을 정도라고요. 아니, 사부님께 불만이 있는 게 아니라 그분도 존경스럽다는 뜻인데…….”

“됐다. 내가 네 맘을 모르는 게 아니니 변명할 것까진 없다.”

보횡은 고개를 절레절레 흔들었다.

등악은 자기가 말실수를 하는 바람에 사부님을 상심시킨 것이 가슴 아픈 듯 얼굴을 들지 못했다.

그러다가 등악은 문득 묘한 생각을 하게 되었다.

“사부님, 그러지 말고 천의문을 우리 개방과 합치는 게 어떻겠습니까?”

“응? 이놈아, 그게 말처럼 쉽게 되냐?”

합치자고 이쪽에서 제의한다고 저쪽이 예, 하고 합칠 정도면 이렇게 고민할 필요도 없다.

이 정도는 알 만한 놈이 헛소리를 하자 보횡은 화를 내며 철권으로 등악의 뒤통수를 후려쳤다.

빡!

“어억, 그게 아니라요.”

등악의 뒤통수는 이미 호신강기를 둘렀다고 봐야 한다.

천하에 이름 높은 철권에 어릴 때부터 단련되었기 때문에 이제는 도검으로도 그의 뒤통수를 벨 수 없었다.

등악은 잠깐 비명을 지르며 손으로 쓱쓱 문지르고는 할 말을 계속했다.

"그러니까 말이죠, 혹시 그 천의문 문주가 다음 대 개방 방주가 될 생각이 없을까 해서 말이죠."

"잉? 그게 뭔 소리냐?"

"그러니까 천의문은 개방과 합치고, 천의문 문주가 개방 방주가 되는 거죠. 헤헤헤."

"오호. 그거 나쁘지 않은데?"

의외로 철권개 보횡은 등악의 의견에 귀를 기울였다. 등악 역시 사부의 성격을 알기에 이런 말을 꺼낸 것이다.

"그렇죠? 천의문이 그렇게 인심을 끌고 있을 정도면 천의문 문주인 묵설걸인의 인품과 능력은 알 만하죠. 그분이라면 틀림없이 개방 방주에 어울릴 겁니다."

"그렇지. 그럼 난 바로 은퇴할 수 있고 말이야."

보횡은 일찍부터 은퇴를 하고 싶어했다. 그러나 장로란 놈들도 별로 시원치 못하고 정식 후계자인 후개 등악도 아직 젊기 때문에 억지로 방주 직에 앉아 있는 중이었다.

그러나 천의문 문주인 묵설걸인이라면?

충분하다. 그야말로 맞춘 것처럼 자리에 어울리는 명성과 인품을 지니고 있다.

다른 자잘한 문제는 어떻게든 해결할 수 있다. 철권이면 다

통한다.
　일단 방주 자리를 넘기는 데 성공하면 그 뒤로는 방이 망하든 흥하든 당대 방주가 알아서 할 일이다.
　"가자."
　"예?"
　보횡이 벌떡 일어나니 등악이 놀란 눈으로 보았다.
　"당장 천의문으로 가서 묵설걸인과 상의를 해보잔 말이다. 너도 따라와라."
　"아, 예. 그러죠 뭐."
　두 걸인은 행동이 빨랐다.
　그 자리에서 결정하고 바로 맹을 떠났다. 그들의 머릿속에 추마대니 뭐니 하는 문제는 이미 티끌만큼도 남아 있지 않았다.

第二章 천하쌍걸(天下雙乞)

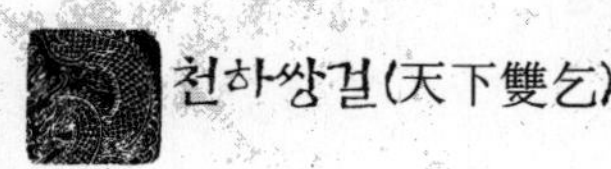

        꽃 피는 봄이 와서 철쭉이 화려하게 거리를
장식하고, 강남 여인들의 가슴은 한없이 흔들린다.

강남무림맹에서 추마대를 결성하기 위해 제갈세가를 추대
하여 인선과 훈련을 진행하는 것은 일반 민중에게는 그리 큰
문제라 할 수 없었다.

개방 방주인 철권개 보횡과 후개인 팔영곤 등악도 추마대
에 대한 보고는 대충 읽고 넘겼다. 그들이 그동안 움직이면서
가장 주의 깊게 읽은 것은 바로 천의문에 대한 정보였다.

천의문은 문주인 묵설걸인 육도 아래 여덟 명의 당주가 실

질적인 문파의 운영을 한다고 했다.

문파가 오래된 것도 아니고 육도가 개파조사이니 아직 장로는 없다.

여덟 명의 당주 중 여섯은 대학걸인이고 둘은 아닌데, 이는 천의문이 학문을 중시하기는 해도 그렇다고 해서 문맹인 걸인들에게 푸대접을 하지 않는다는 의미가 담겨 있다고 한다.

또한 무식한 거지 밑에 대학걸인이 소속된 경우도 적지 않은데, 이게 의미하는 바는 이렇다. 천의문이 거지들에게 학문을 가르칠 때 학문이란 바로 인격과 함께 익히는 것.

그 가르침을 엄하게 내려 결코 윗사람의 무식함을 자극하지 않는 방법을 익히게 한다.

반대로 무식한 사람도 글을 아는 부하에게 질투하지 않고 자신의 살아 있는 경륜으로 잘 이끌 수 있도록 하니 문파가 나날이 발전하게 되는 원동력이라 할 만했다.

"과연 천의문주는 일대의 대종사로구나. 이런 인물은 흔치 않아."

보횡은 보고서를 읽으면 읽을수록 감탄하며 연신 칭찬을 했다. 상당히 흠모를 하게 된 듯했다.

둥악 역시 사부 앞이라 말을 아꼈지만 일찍부터 존경하던 인물을 새삼 더 존경하게 되었다.

이렇듯 상대에 대한 호감이 더해가니 사람을 찾아가는 발

걸음에 힘이 실렸다.

삼천 리가 넘는 길을 후딱 걸어서 어느덧 천의문 총단이 있는 지방에 도착했다.

두 거지는 따로 숙소도 정하지 않고 바로 천의문으로 찾아갔다.

천의문 입구를 지키는 접객걸인 또한 머리에 검은 새끼줄을 두른 것이 대학걸인임이 틀림없다. 세상에 이렇게 공부한 거지가 흔한 줄을 두 사람은 처음 알았다.

"어떻게 오셨습니까?"

접객걸인이 묻자 보횡은 근엄한 표정으로 말했다.

"개방의 방주인 보횡일세. 천의문주를 만나 뵙고 싶으니 전갈을 넣어주게나."

"헉, 개방 방주!"

상상의 한계를 넘어선 상대인지라 접객걸인은 자신도 모르게 기겁을 하며 다시 두 사람을 살폈다.

과연 보횡은 등에 아홉 개나 되는 마대 자루를 지고, 손에는 반투명한 녹색의 대나무 지팡이를 든 것이 틀림없어 보였다.

뿐만 아니라 보횡의 뒤에 선 등악만 해도 등에는 후개의 신분을 나타내는 여덟 개의 마대 자루를 짊어졌다.

개방의 방주와 후개가 전갈도 없이 불쑥 찾아온 것이다.

"이, 이리로 들어오십시오. 곧 안에 보고를 하겠습니다."

접객걸인은 얼른 두 사람을 접객실로 안내했다. 한편으로는 다른 접객걸인이 문주에게 보고를 하기 위해 안으로 뛰어 들어 갔다.

잠시 후, 천의문주 묵설걸인 육도가 세 명의 당주와 함께 직접 입구로 마중을 나왔다.

천하의 개방 방주라면 아무래도 무림에서의 지위가 천의문주보다 높다고 할 수 있으니 예의상 직접 나오는 게 옳다.

"방주께서 이렇게 찾아주시니 영광입니다."

"갑자기 찾아온 결례를 용서하시오."

"원, 별말씀을. 어서 들어가시지요."

대문 앞에서 형식적인 인사를 나눈 그들은 주인과 손님의 예를 지켜가며 내당으로 들어갔다.

잠시 후, 묵설걸인이 그의 아들들과 제자들을 비롯해 천의문의 요직에 있는 사람들을 보횡에게 하나하나 소개했다.

보횡이 보기에 그들 대부분이 하나같이 인물이라 천의문이 근래에 큰 명성을 떨치고 있는 이유를 알 만했다.

이윽고 소개가 끝난 후, 묵설걸인 육도는 사람들을 모두 물리고 오직 수석당주인 육문만 남겼다.

육문은 바로 육도의 친동생인데, 천의문의 기틀은 이 두 사람에 의해 이루어졌다고 해도 과언이 아닐 정도로 처음부터 형을 도와 묵묵히 자기 역할을 다해 다른 당주로부터도 존경을 받는 자였다.

"그런데 방주께선 어인 일로 이곳에 오셨는지요."

너무 정중한 말투라 거지라기보다는 학사에 가까웠다. 보
횡은 그 점이 조금 마음에 들지 않았지만 내색하지 않고 대답
했다.

"내 솔직히 말하리다. 우리 개방이 자존심 때문에 이러고
는 있지만 천의문을 비롯한 남방의 거지들을 얕보는 것은 아
니오. 특히 천의문처럼 특이한 길을 열어 거지들에게 희망을
준 경우는 천 년이 넘는 거지들의 역사에도 거의 없는 쾌거라
할 수 있다오."

"과찬이십니다."

"그래서 말인데, 혹시 묵설걸인께서는 개방의 방주를 해볼
생각이 없으시오?"

"방주를 말입니까?"

"묵설걸인께서 생각이 있으시다면 본인은 오늘이라도 방
주 직을 물러나 개봉성 양지에 자리를 깔고 누워 쉴 생각이
오."

"허, 참. 이건 미처 생각지 못한 제의인지라 쉽게 결정할
수 없군요."

개방 방주가 이렇게 배포 크게 나올 줄은 육도도 예상하지
못했다. 그는 개방 방주가 직접 찾아온 이유를 천의문이 개방

에 귀의하도록 제의하기 위함이라 생각했을 뿐이다.

물론 근본적인 내용은 그의 생각과 크게 다르지 않았다. 육도가 개방 방주가 된다는 것은 천의문이 개방에 들어간다는 것과 같은 소리이다.

하지만 실제 내용은 완전히 다르다.

육도가 방주가 되면 팔대당주 역시 개방의 주요 직을 맡을 수 있지 않겠는가? 오히려 개방이 천의문 밑으로 들어온다고 해도 과언이 아니다.

'나에게 장로 직 정도를 제시할 줄 알았는데…….'

육도는 보횡의 그릇을 잘못 안 스스로를 탓했다. 과연 개방의 방주는 뭐가 달라도 달랐다.

보횡은 다시 말했다.

"생각은 얼마든지 해도 되지만 이것만은 알아주시오. 거지끼리 싸워서 좋은 일은 세상에 한 개도 없다고 본 방주는 믿고 있소이다. 어떻게든 화합하는 게 조금이라도 더 배를 덜 굶는 비결이 아니겠소?"

"참으로 옳으신 말씀입니다."

육도는 더 이상 보횡의 제안에 주저할 수가 없었다.

방금 보횡이 한 말이야말로 육도가 평생 믿어온 것 중 하나였다. 두 사람의 사상이 일치했으니 쓸데없는 자존심보다 진정한 거지들의 미래를 생각하는 게 옳으리라.

문파의 자존심은 다 방귀와 같이 덧없게 여겨졌다.

"방주께서 그렇게까지 말씀하시니 본인도 거절하기 어렵군요. 천의문이 비록 제 마음대로 만들었다 없앨 수 있는 조직이라고는 하기 어려우나, 문도들도 방주의 진심을 알게 되면 크게 반대하지는 않을 것입니다. 그러나."

육도는 보횡의 직설적인 표현에 힘입어 자신도 그렇게 말하려 했지만 아무래도 염치없는 말로 보일 것 같아 조금 머뭇거렸다. 그 모습을 본 보횡은 가슴을 탁탁 두드리며 호쾌하게 말했다.

"문제가 있으면 주저 말고 말씀하시오. 큰일을 앞두고 작은 일을 속에 담아두는 것은 결코 좋은 일이 아니니 지금 허심탄회하게 말하고 바로바로 해결합시다."

"그러지요. 제가 방주를 하게 되면 그다음 방주는 어떻게 되는 건지 알고 싶습니다."

육도의 말에 보횡은 시원시원하게 답했다.

"방규에 의하면 차대 방주에 대한 임명권은 전적으로 현 방주에게 있소이다. 그러니 내가 그대를 임명한 것처럼 그대도 그대가 원하는 사람을 임명하면 되오."

"다른 장로들이 승복할까요?"

"다른 건 몰라도 그 건은 승복할 거요. 장로 임명권은 장로회에서 주관하기 때문에 방주도 그저 한 표를 행사할 뿐이지만 차대 방주인 후개는 무조건 방주 독단이오. 이건 가장 엄한 방규이니 절대로 틀림없소. 딴소리하는 놈이 있으면 바로 파문시켜도 찍소리 못할 테니 염려 마시오.”

말만 꺼내면 즉각적으로 시원하게 대답이 쏟아지니 육도 또한 가리려는 마음을 버렸다. 속을 터놓은 대화란 원래 그런 법이다. 이제 그는 대놓고 물어보는 경지에 이르렀다.

“그렇군요. 그런데 제가 알기로 현 후개는 옆에 계신 팔영 곤 둥악 협개시라고 들었는데, 갑자기 제가 방주가 되어도 될는지요?”

“아, 무슨 불만이 있겠소? 이 건을 처음 제의한 놈이 바로 이놈이라오. 그러니 만사 염려 마시고 걍 해도 될 거요.”

“허, 참.”

육도는 다시 둥악을 보았다.

한 손으로 머리를 긁적긁적 긁고 있는 둥악은 얼핏 보기엔 조금 멍한 듯한 표정을 짓고 있지만 두 눈에 총기가 서려 있는 것이 결코 둔한 사람이 아니었다.

그가 자신의 자리를 포기하고 이런 파격적인 의견을 내놓았다고 하니 놀랍기 그지없었다.

육도는 이번에는 둥악에게 직접 물었다.

“그럼 본인이 방주가 된 이후 후개께서는 어떻게 되는 건지 물어도 되겠소?”

"그러니까 걍 평방도가 되겠죠. 분타주 정도는 되려나? 아, 염려 마시라니까요. 제가 이래 봬도 타구봉도 좀 다루고 동냥도 화끈하게 잘하기 때문에 어디 가서 비럭질 못할 정도는 아닙니다."

이렇게 사람이 욕심이 없어도 되는 건가? 육도는 자신도 모르게 입가에 미소를 지었다.

"그럼 이렇게 합시다. 제가 방주가 되는 조건으로 후개께서 제 제자가 되어 글공부를 하는 것이 어떻겠습니까?"

"예? 저보고 글공부를 하라고요?"

"본인이 보기에 후개께서는 두 눈에 총기가 사라지지 않아 아직 충분히 학문을 하실 수 있소이다. 최소한 몇 년 이내에 대학걸인은 될 수 있을 것이오."

"정말입니까? 제가 대학걸인이 될 수 있다고요?"

등악은 두 눈을 크게 뜨고 반문했다. 그러다가 퍼뜩 정신이 들었는지 다시 눈동자를 굴려 옆에 있는 사부를 보았다.

빡!

철권이 등악의 뒤통수를 후려쳤다.

"이놈아, 눈치 보지 말고 걍 절해라. 그렇지 않아도 네놈은 묵설걸인의 제자가 되고 싶어하지 않았느냐. 네놈이 누구를 사부로 섬기든 내 제자인 건 변함이 없는데 무슨 눈치를 보는 거냐?"

“헤헤헤. 사부님, 죄송하고 감사합니다.”

등악은 겸연쩍게 웃으며 보횡에게 절을 한 번 했다. 그리고는 다시 육도에게 아홉 번 절을 하는데 혹시 무르자고 할지 모른다고 생각했는지 그야말로 경공고수가 평야를 달리는 것처럼 경쾌하게 쉬지 않고 절을 끝냈다.

“사부님으로 모시겠습니다.”

누가 보아도 진심이 묻어 나오는 두 사제의 모습에 육도는 웃음이 절로 나왔다.

“허허허, 그럼 이제부터 자네는 내 제잘세.”

이것으로 만사가 해결되었다.

두 문파가 합치는 일은 결코 쉬운 일이 아니라 앞으로 크고 작은 문제가 산재해 있겠지만 수뇌의 마음이 서로 섞였으니 능히 해결해 나갈 수 있으리라 그들은 믿었다.

그 달 말일, 적당한 길일에 개방 방주는 정식으로 육도에게 방주 직을 물려주고 은퇴해 버렸다. 그야말로 쇠뿔은 단김에 빼란 말이 어울리는 결행력이었다.

차대 후개는 바로 전 방주인 보횡과 현 방주인 육도의 공동 제자인 등악이 계속해서 역임하게 되었다.

하지만 등악은 방주 취임식에 잠깐 얼굴만 비추고 다시 골방에 틀어박혀 글공부를 하게 되었는데, 그것은 새 사부가 엄하게 명한 ‘무공과 학문을 비슷한 수준까지 이룰 때까지 멈출 수 없는' 학문 정진의 길에 접어선 때문이다.

보횡과 육도는 그런 등악이 개방 역사상 가장 뛰어난 방주 중 하나가 될 것임을 믿어 의심치 않았다.

*　　　*　　　*

"아이, 씨발! 세상이 뭐 이리 조까치 변하냐. 이젠 거지보고 글공부를 하라네."

금만은 불만이 넘쳐흐를 지경으로 매일같이 술과 욕을 달고 살았다.

추마대 결성에 개방이 빠진 것도 열받는데 뜬금없이 천의문 문주가 차대 방주가 되었다.

평소에 천의문을 별로 좋아하지 않았던 금만으로서는 승복하기 어려운 상황이었다.

"거지가 무슨 글공부야. 차라리 깨끗한 옷을 입고 말지."

무식한 거지의 자격지심은 학력거지에 대한 질투로 이어졌다. 금만은 과거 개방이 오의파와 정의파로 나뉘어 백여 년간 분열되었던 사건을 거론하며 이번 일도 그런 결과가 날 가능성이 크다고 주장했다.

정의파와 오의파 사건은 개방이 크게 융성했을 무렵, 개방도 중 일부가 자신들을 더 이상 거지 집단이 아닌 정식 무림

방파이니 깨끗한 옷과 정갈한 음식을 먹어야 다른 문파의 업신여김을 받지 않게 된다고 주장하면서 생겨난 것이었다.

반면 일부는 끝까지 거지의 본분을 지켜 업신여김 받는 것을 당연히 생각하고 대부분의 방도들과 같이 호흡하기 위하여 여전히 더러운 옷을 입고 동냥받은 음식을 먹어야 한다고 주장했다.

이 일로 인해 개방이 둘로 나뉘어 크게 싸우기까지 했고, 가까스로 합쳐졌을 때에도 여전히 자기들이 주장하는 바에 따라 옷차림에 차이가 있었을 정도였다.

결국 삼 대 전의 방주 때에야 완전히 오의파로 굳어져 거지들은 거지의 행색을 하게 되었는데, 이번에 학력거지와 문맹거지들 사이에서도 틀림없이 큰 다툼이 있게 된다는 것이 금만의 주장이었다.

"하지만 그렇다고 해서 거지들에게 글공부를 하지 못하게 방규를 정할 수는 없지 않겠습니까?"

초구비 후추가 슬쩍 말했다.

이 성질 더러운 장로이자 선배를 어떻게든 달래는 것이 그의 평생 임무인만큼 이번에도 대충 불평만 하다 끝내게 하고 싶었다.

사실 후추의 경우는 학력거지에 약간 마음이 쏠린 상태라 금만의 심정에 완전히 손을 들어줄 수가 없었다.

"이놈아, 그걸 왜 못 정해? 그럼 사서삼경을 줄줄 외는 개새끼가 뭐가 아쉬워서 거지를 하냐? 그런 쓰가발 놈은 그냥 파문시켜서 과거나 쳐보라고 해야 되는 거 아니냐!"

"쩝, 장로님 말씀도 일리가 있습니다."

사실 반론하자면 못할 것이 없다.

그런 식으로 치자면 무공의 고수가 뭐 하러 개방에 있겠는가? 그 무공으로 얼마든지 잘 먹고 잘살 수 있으니 같은 이유가 된다.

지금 침을 튀기며 욕을 하는 금만의 실력만 해도 지금 당장 거지를 집어치워도 등 따습고 배부르게 일가를 먹여 살리고도 남을 경지다. 물론 후추 자신의 실력 또한 마찬가지.

하지만 지금 금만에게 필요한 것은 맞장구를 치며 불평을 받아줄 동료였다. 여기서 다른 말을 했다간 그간 다져온 우의에 금이 가기 십상이다. 당장 등을 돌리지는 않아도 이 건에 관한 만큼은 절대 후추와 의논조차 하지 않으려 들 것이다.

금만의, 그리고 단순한 사내들의 심리를 잘 알고 있는 후추는 그렇게 자신의 생각을 접고 얼른 고개를 끄덕여 공감을 표시했다.

"그리고 솔직히 그 천의문 문주보고 방주를 하라는 건 우리 기존 개방도들 중에 인재가 없단 소리 아냐. 안 그래?"

"그건 아닌뎁쇼. 오히려 이 일 때문에 개방의 명성이 확 높아진 거 아닙니까? 다른 거지 방파들도 과연 개방이라고 손가락을 꼽으면서 이제는 알아서 기어들어 오고 있다니까요.”

중요한 점에 동의를 했으니 이제는 끊어줄 때다. 학력거지에 대한 불만은 있을 수 있지만 현 방주에 대해서는 받아들여야 한다.

“씨발, 그래. 그건 그렇다.”

금만도 말을 하다 보니 불평이 조금 과했을 뿐, 괜히 스스로를 비하할 정도로 멍청이는 아니었다.

후추의 말이 사실임은 그도 알고 있었다. 그래서 더 열이 받는 것이다.

따지고 보면 특별히 건수를 잡아 불평을 할 수도 없으니 그냥 술 마시고 욕할 수밖에.

그때 후추가 은근한 목소리로 금만을 달랬다.

“장로님, 다른 건 몰라도 요번 건으로 약간은 장로님의 속을 풀어줄 만한 안건이 하나 생겼는뎁쇼.”

“응? 그게 뭐냐?”

“이제는 천의문과 개방이 하나가 아닙니까? 그러니 추마대 건도 다시 거론할 수 있고, 무엇보다 허인을 장로님 밑에 넣는다고 해도 허인이가 거부할 명분이 없지요.”

“오호, 그건 나쁘지 않은데?”

화풀이할 데가 생겼다.

　사실 금만이 제일 존경하는 사람이 바로 철권개 보횡인만큼 보횡이 추진한 일을 그가 대놓고 반대할 수도 없었다.

　위에서 한 일이 마음에 들지 않으면 아래에 화풀이를 하는 것은 조직 사회의 기본이 아닌가! 적어도 금만의 상식으로는 그랬다.

　"후추야, 너 가서 그거 추진해 봐라. 내가 직접 움직이는 것보다는 네가 하는 게 더 낫겠다."

　"뭐, 그러지요."

　귀찮은 일을 떠맡기는 금만의 성격을 알고 꺼낸 말이다. 예상대로의 반응에 후추는 순순히 승낙하고 금만의 거처를 나왔다.

　"후우, 시원하다!"

　밖에 나오니 시원한 바람에 몸에 배인 금만의 술 냄새와 구취가 조금은 씻기는 듯했다.

　사실 거지치고 몸에서 냄새 안 나는 이가 있을까마는 오랜 세월 단련된 후추로서도 장시간 금만의 침세례를 받는 것만큼은 달갑지 않았다.

　그렇게 잠시 바람을 즐기며 걷던 후추는 문득 생각난 듯 주위를 살펴 아무도 없는 것을 확인하고는 허공에 대고 작게 말했다.

　"미안하네, 허 협개. 일단은 금만 형님 속을 조금 풀어드리고 내가 사과하도록 하지. 알고 보면 금만 형님도 사람이 나쁘진 않으니 천천히 친해보도록 하자고.”

후추는 학력거지는 물론 허인에게도 별다른 악감정이 없었다. 지난번 방문한 자리에서 오간 이야기들을 보면 학력거지도 거지다.

무공을 익혀 협개 소리를 듣는 것이 개방 방도라면 학문을 겸해 일자무식의 백성들을 도와줄 수는 것이 학력거지들이다. 구걸을 하여 먹고살면서도 백성들에게 크게 누가 되지 않고 오히려 도울 수 있다는 것이 비슷한 점이라 여겨져 오히려 호감이 더 많았다.

거기에 개인적으로 만나본 허인은 성품도 소탈하고 이야기도 통하는 면이 있어 친하고 싶은 상대라 할 수 있었다. 그리고 현재 후추의 입장으로는 금만이 허인을 노골적으로 싫어하는 이상 따로 허인과 친분을 가질 수 없는 것이다.

어찌 보면 이번 일은 허인과 공식적으로 가깝게 지낼 수 있는 핑계가 될 수도 있었다. 물론 금만에게 시달리게 하는 것이 조금 미안하긴 하지만 급한 쪽이 이쪽이니 어쩔 수 없다.

또한 그렇게 위에서 시달리면 아래쪽의 유대감이 끈끈해지는 것이 인지상정. 후추의 심중에 허인은 이미 동료였다.

*　　　*　　　*

　사실 후추의 제안은 무림맹의 입장에서도 반가운 일이라 할 수 있었다. 애초부터 천의문의 힘을 빌려보고 싶었지만 개방의 입장을 고려해 한 발 물러섰던 것이 아닌가?

　이런 판국에 천의문과 개방이 합쳐져 그 힘을 보태고자 하니 흔쾌히 추마대의 주도권을 개방으로 넘겨주는 결단을 내렸다. 이에 따라 추마대의 구성을 책임진 제갈세가에서는 곧 발빠르게 추마대의 전격적인 인원 교체에 착수했다.

　기존에 선출한 이백여 명에, 개방과 천의문 사람 백여 명을 추가하여 총인원 삼백의 수색대로 만들었을 뿐만 아니라 조장도 네 명에서 두 명 늘린 여섯 명이 되었다.

　추가된 두 명은 후추와 허인이었다.

　그리고 기존의 대주였던 십리안 제갈등평은 부대주로 내리고 개방의 장로인 금막이 대주의 자리를 꿰어찼다.

　제갈등평의 경우 원래는 조장이 되었어야 하는데 한번 주도권이 제갈세가로 넘어가면서 대주까지 되었으나 아무래도 대주 역할을 하기에는 조금 경험과 명성이 달린 감이 없지 않아 있었다.

　아무리 명예와 힘이 좋아도 그에 따른 부담감이 크면 반길 일이 못 된다. 제갈세가의 다른 이들처럼 제갈등평 또한 자신의 능력을 냉정하게 파악하고 있었다. 그의 생각에 추마대의 대주 자리는 자신이 맡기에는 역부족인 면이 확실히 있었다. 그래서 이번에 부대주가 되면서 오히려 좋아하는 눈치였다.

허인은 이번에는 거절하지 않았다.

그가 의도하던 바는 아니었지만 어차피 해적왕을 찾아다녀야 하는 몸이다. 그리고 천의문 사람으로 분장한 이상 천의문의 명에 따르는 것이 옳다.

이로써 추마대는 우여곡절 끝에 출범을 했다.

금만은 출범식에서 있는 말, 없는 말 다 해가며 추마대가 무림맹의 최고 정예 조직이 될 거라고 호언장담했다.

출범식이 끝날 무렵, 허인이 말했다.

"적을 찾아 멸하는 일은 하루라도 빠른 게 좋으니 저는 오늘 바로 출동하겠습니다."

"응? 뭐가 그리 급하나? 아직 연회 중이니 일주일쯤 있다가 떠나게. 수하들과 인사도 하고 친분을 다지려면 그 정도 시간은 필요할 거야."

금만이 약간 부드럽게 말했다.

오늘은 기분 좋은 날이니 굳이 지금 허인을 해코지할 마음이 없었다. 내일부터 사사건건 트집을 잡아주마, 하고 속으로 생각했다.

그러나 허인은 그런 금만의 심정을 읽기라도 했는지 씨익

한 번 웃어준 다음 다시 말했다.

"가장 빠르게 수하들과 우애를 다지는 길은 적과 같이 싸우는 거라고 생각합니다. 연회는 첫 공을 세워 대주님께 보고한 후에 다시 열겠습니다."

말을 끝마치자마자 그는 몸을 돌려 나가려고 했다.

금만은 자신의 말을 무시하려는 허인에게 화가 나서 급히 그를 불렀다.

"잠깐! 자네는……."

대주인 내 말을 무시하는 것인가? 하고 물으려는 순간, 허인이 다시 몸을 돌리며 포권을 취했다. 그러면서 소매로 가린 입을 살짝 움직여 전음을 보냈다.

"홍의검협 강진."

"흑."

금만은 귓속으로 파고드는 의외의 이름에 말문이 막혔다. 그러고 보니 허인은 강진이 데려온 사람이다. 이번에 이렇게 급하게 출동하려는 게 혹시 강진이 사주한 일이 있는 것일까? 쉽게 판단할 수 없었다.

허인은 다시 인사를 했다.

"이해해 주셔서 감사합니다."

누가 이해했는지는 몰라도 금만이 다시 말을 하기 전에 그는 나갔다. 그리고는 바로 직속 수하 오십 명을 호출하여 무림맹을 나섰다.

오가다 그 광경을 본 사람은 금만이 전음으로 허인에게 승낙의 말을 건넨 것으로 알아서 판단했다. 그 외에 조심하라거나 비밀 작전을 확인했는지도 모른다. 아무튼 등 돌린 금만의 움직임은 제한적으로 보였고, 그다음의 허인의 태도를 보니 대충 그런가 보다 생각했을 뿐이다.

'훗, 역시 강 소협의 이름이 먹히는군. 그런 뒷배가 있는 이상 금만을 두려워할 필요는 없지.'

허인은 관부 생활을 오래한 사람이라 뒷배가 얼마나 중요한지 잘 알고 있었다.

이왕 강진의 이름을 댔으니 금만이 아무리 의혹을 가져도 확신이 없는 이상 함부로 허인의 행동에 제재를 가하지는 못하리라 판단했다. 그런 식으로 경거망동하기엔 강진의 이름 값이 너무 크지 않은가?

세상만사가 금만이 원하는 것과는 다르게 흘렀다.

한편 연회에서 술을 마시며 의기충천하던 오십의 수하는 뜬금없는 출동에 먼지를 마시고 욕을 토했지만 상하의 체계는 엄격했다.

그들은 사흘 밤낮을 달려야 했다.

"이곳부터 시작한다. 전원 분대로 나뉘어 숙소를 찾아 대기하라."

“얼마나 기다리면 됩니까?”

“내가 인근 마을에서 해적왕의 소굴을 찾을 때까지.”

허인은 황당해하는 수하들을 남기고 경공을 펼쳐 사라졌다.

그로부터 일주일, 허인은 모르겠지만 그는 평생 먹은 욕보다 더 많은 욕을 그의 수하들로부터 먹었다.

긴급 출동을 해 며칠 동안이나 강행군을 해놓고는 갑자기 일주일 동안 깡촌의 허름한 여관에 처박아 대기를 시키니 불만이 없을 수 없었다.

그들이 대기한 곳은 그야말로 손바닥만큼 작은 곳이라 오십 명이 다 투숙할 만한 여관도 없었다. 민가에 부탁해 신세를 지고도 모자라 태반은 노숙을 해야 했다.

음식도 모자라 언감생심 고기는 생각하기도 힘들고 풀뿌리조차 만족스럽게 먹을 수 없었다.

또 술은 삼 일도 못 가 바닥을 드러내었다.

결국 조원들은 스스로 사냥을 나가 적당한 먹잇감을 찾으려 했지만 숲의 짐승들도 낌새를 챘는지 토끼나 멧돼지는커녕 참새 한 마리도 찾기 어려웠다.

“아, 이거 우리 버림받은 거 아냐?”

조원 중 하나가 맹물을 술로 여기며 마시고는 의혹을 제기했다. 다른 대원도 신경질적으로 술잔에 담긴 맹물을 목에 털어 넣으며 말했다.

"우리 그러지 말고 인원을 조금 선출해서 옆 마을로 식량과 음식을 조달하러 가자고."

조금 신중한 성격의 대원이 그걸 말렸다.

"일단 명령은 마을 안에서 대기하란 거였는데 말이야."

조금 더 경륜있는 대원이 그 말에 동의했다.

"쩝, 내 생각엔 조장이 우리 군기를 잡는 것 같아. 여기서 잘못 처신해서 명을 어기면 죽도록 고생할걸."

"으윽, 아무래도 그게 맞는 것 같다."

"그럼 조장이 숨어서 우리를 지켜보고 있는지도 모르지."

"제기랄."

의혹이 점점 커져갈 때, 한 대원이 건설적인 의견을 냈다.

"그러지 말고 마을 사람들에게 부탁해서 옆 마을에 심부름을 보내자. 고기하고 술을 사다 달라고 하면 되잖아."

"오, 그거 아주 좋은 생각인데?"

마을 사람에게 심부름을 시키는 것은 명을 어기는 게 아니다. 그들은 즉시 돈을 걷어 여관 주인에게 그 일을 부탁했다.

그 다음날이 되자 대망의 고기와 술이 여관에 도착했다.

"우햐, 우리가 왜 이걸 빨리 생각 못했을까!"

모든 조원이 하나가 되어 기뻐했다. 그런데 술과 고기와 함께 사람도 돌아왔다.

“대량의 음식을 구하는 곳이 어디인가 했더니 자네들이었군.”

“조장님!”

“일단 편히 식사나 하게. 식사가 끝나면 출동을 하도록 하지.”

“출동입니까? 그렇다면.”

“의심스러운 곳을 찾아냈다. 적의 수가 적지 않으니 조심해야 할 것이다.”

“…….”

실전이 눈앞에 있는데 마음 편히 술과 고기를 먹을 수 있는 사람이 얼마나 될까? 그들은 묵묵히 억지로 고기를 씹고 술을 이용해 목구멍으로 넘겼다.

대충 식사가 끝나자 허인은 조원들에게 병기를 점검하도록 시킨 후 사람들을 끌고 이동하기 시작했다.

길이 아닌 곳으로 들어가 산봉우리를 넘고 개울을 건너기를 수차례 반복하니 어느덧 해가 지고 산등성이엔 어두운 그늘이 졌다.

“저곳이다.”

허인이 손으로 가리킨 곳에는 과연 산적 소굴같이 생긴 건물들이 몇 채나 지어져 있었다. 산그늘에 교묘하게 숨겨져 얼핏 보아서는 찾기 어려웠다.

사람 다니는 길도 없는 이런 산중에 있는 곳으로 보아 해적 왕의 소굴이 아니더라도 나쁜 놈들이 웅크리고 있는 곳임에는 틀림없어 보였다.

"어떻게 이런 곳을 찾으셨습니까?"

부조장인 사사도(四四刀) 각주가 물었다.

"원래 천의문의 거지들은 이 근처에 수상한 자들이 있다는 걸 알고 있었다. 마을에서 가끔씩 대량의 고기와 술이 사라지는데 그 행방이 묘연하니 누군가 비밀 장소에서 그걸 소모하고 있다는 소리지. 아마도 너희들처럼 조직의 수하들이 윗사람 모르게 술과 안주를 조달한 걸 거다."

해적왕이 비밀 근거지를 만들 때 식량 문제를 어설프게 했을 리는 없다.

하지만 산속에 근거지를 만들면 항상 맛있는 게 모자라게 마련, 윗사람은 그걸 몰라도 수하들은 물자의 모자람을 고스란히 참아야 하니 뒷구멍으로 딴 수작을 부리게 되기 십상이다.

허인의 설명에 각주는 자신도 모르게 고개를 끄덕였다.

그들의 경우를 봐도 일주일도 못 버티고 따로 방법을 간구하지 않았던가.

"어떻게 할까요? 지금 치는 게 좋겠습니까?"

"새벽까지 기다린다. 저쪽이 서쪽이니 해가 뜨면 우리 쪽은 여전히 어둡고 저들은 해를 보는 상황이 되지. 그때 기습하면 가장 효과적일 것이다.”

“그럼 준비하겠습니다.”

추마대는 무림맹에서 작정하고 만든 정예 부대다.

젊어서 경험이 모자란 사람은 있어도 무공이 약하거나 겁을 먹을 만한 사람은 없다. 그들은 싸움이 다가오자 눈을 빛내며 저마다 무기와 암기를 다시 한 번 확인했다.

허인은 품속에서 하나의 사람 머리만 한 주머니를 꺼냈다. 그걸 열고 손을 넣었다 꺼내니 손이 검게 변해 있었다.

그것은 송진에 검댕을 버무려 만든 것으로 한번 바르면 기름으로 씻기 전에는 잘 떨어지지 않는 성질이 있었다.

허인은 그걸 검의 날에 바르고는 부조장에게 건네며 말했다.

“너희들도 발라라.”

“옛.”

기습의 주요 요건 중 하나는 상대에게 얼마나 들키지 않고 접근할 수 있는가이다. 검날에 빛이 반사된 걸 적이 발견이라도 하면 만사가 힘들어질 수도 있었다.

새벽이 되자 드디어 추마대원들은 움직이기 시작했다.

“최대한 적이 눈치채지 못하게 공격한다. 초식을 펼칠 때 기합성을 내지 않도록 유의하고, 적이 소리를 내기 전에 제압하도록 해라. 가자.”

허인은 무리의 가장 앞에 서서 나아갔다.

그렇게 적들에게 들키지 않고 지근거리까지 나아간 그들은 암기를 써서 뒤쪽을 지키고 있는 병사들을 소리없이 제거하고 기지 안으로 잠입했다.

그렇게 이어진 기습 공격은 최대한 조용히, 그리고 철저히 잔인하게 진행되었다.

허인이 미리 명한 대로 추마대원들은 포로를 잡을 생각을 하지 않고 확실하게 적을 척살했다. 불만 지르지 않았을 뿐 거의 학살이나 다름없었다.

“적이다!”

겨우 상대가 반응하기 시작했을 때에는 이미 절반이 넘는 적이 침상 위나 방 안에서 숨을 멈춘 뒤였다.

“용서하지 말고 쳐라!”

“와아!”

그때서야 추마대원들은 일제히 참았던 함성을 내질렀다. 승리를 확신하는 함성이었다.

해가 완전히 산 위로 올라 훤한 세상이 되었을 때에는 더 이상 병기 부딪치는 소리가 들리지 않았다.

추마대원들 중 사망은 두 명, 부상은 다섯 명이었다.

적은 오십이 조금 넘었는데 예상보다 고수가 많았다. 특히 마지막에 나온 두 명은 허인이 직접 나서지 않았다면 제압하기 힘들었을 정도였다.

"음, 벌써부터 사망자가 생기다니. 내 불찰이다."

허인은 혀를 차며 고개를 저었다. 아무리 대승이라도 이쪽의 피해가 생긴 이상 기분이 좋지 않았다.

그러나 추마대원들은 승리의 기쁨을 맛보았다.

대승이다!

특히 그들은 막판에 보인 허인의 무공에 놀랐다. 그들의 조장은 예상보다 훨씬 윗줄의 고수였던 것이다.

"어서 적들의 시체를 수습해라. 그리고 부조장은 나를 따라오게. 저 건물을 뒤지면 뭔가 나올 것 같군."

허인이 지목한 건물은 두 명의 고수가 튀어나온 곳이었다.

그들은 그곳을 뒤져 해적왕의 표식과 약간의 보물을 찾을 수 있었다.

아깝게도 따로 지령서 같은 것은 보이지 않았다. 이들이 왜 여기 대기하고 있는지, 이들 말고 다른 자들은 어디에 숨었는지 알 수가 없었다.

"서두를 필요는 없겠지. 하나하나 찾으면 될 테니까."

허인은 나직한 목소리로 결심하듯 중얼거렸다. 의형인 철심창룡의 복수는 이제부터가 시작이었다.

난세는 영웅을 낳는다.

무림맹이 추마대를 결성해 적극적으로 해적왕의 수하들을 찾기 시작한 후, 추마대의 조장 중 한 명인 허인은 각 지방을 돌아다니며 단시일 내에 무려 여섯 개나 되는 적의 은거지를 찾아내 부수었다.

과거 자취를 감추어 행적이 묘연했던 사파의 고수들이 상당수 모습을 드러냈지만 모두 허인에게 격살당했다.

천의문의 거지들을 주축으로 개방이 새롭게 정보망을 구축하여 얻어낸 정보들은 상당히 방대한 것이었는데, 허인은 그걸 보고 귀신같이 수상한 곳을 집어냈다. 새로운 정보망은 허인의 추적에 날개를 달아준 것과도 같았다.

제갈세가주는 허인의 정보 분석력과 상황 판단력에 크게 감탄하여 그의 추적 능력이 중원에서 제일이라고 평했다.

허인은 거지의 차림을 했지만 구(舊) 천의문의 대학걸인답게 말씨도 점잖고 태도도 의젓했다.

말을 적게 하여 한때에는 수하들로부터 오해를 사기도 했지만 지금에 와서는 모두 허인을 진심으로 따랐다.

박학걸인(博學乞人)!

그것이 근래에 허인에게 붙여진 명호다. 단순한 추적술뿐만 아니라 인품마저 존경하는 자들에 의해 이런 명호가 만들어졌다.

그의 명성은 현 개방 방주인 묵설걸인과 나란히 천하쌍걸(天下雙乞)이라 칭해질 정도가 되었다.

그 바람에 허인은 쉽게 운신을 하기 어렵게 되었다.

결국 그는 묵설걸인에게 부탁하여 천의문의 인맥을 동원, 그의 원래 근무처인 관부에 자신의 장기 출장 명령서를 내리게 했다.

기한은 일 년, 이 기한 내에 일이 마무리될지 안 될지는 허인도 알 수 없었지만 그는 오늘도 해적왕의 잔당을 찾아 중원을 헤매고 있었다.

第二章 입도관문(入島關門)

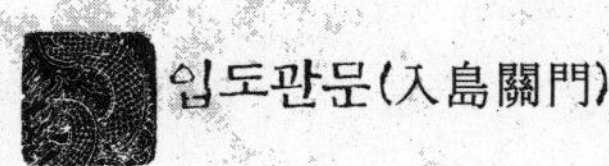

　　중원 사람들은 아직 모르고 있지만 해적왕은 이미 죽었다. 강진은 그렇게 알고 있었고 실제로도 그랬다.

　　원래 해적왕의 의도는 강진에게 자신이 죽었다고 믿게 한 후 몰래 살아나 강진을 괴롭히는 것이었지만, 결과적으로 해적왕도 죽음을 면하지 못한 것이다.

　　강진이 탄 해적왕의 배는 망망대해를 가르고 지나갔다. 며칠이 지나도 작은 섬 하나 보이지 않고 사방이 물밖에 없었다. 이래서야 배가 어디로 나아가고 있는지 알 도리가 없다.

　　그저 방향만 볼 뿐인데, 배는 매일같이 방향을 바꾸었다.

대체적으로 볼 때 동남쪽으로 나아가는 것 같았다.

강진은 묵묵히 배를 몰고 있는 선원들을 보았다. 그들은 하나같이 귀가 먹고 말도 하지 못한다. 글도 모르니 의사소통을 할 수도 없을 지경이다.

그런데도 그들은 무엇에 홀린 것처럼 계속해서 배를 몰았다.

다시 며칠을 가니 마침내 배가 목적한 곳에 도달했다.

그곳은 여전히 망망대해의 한가운데였다. 그럼에도 불구하고 선원들은 닻을 내리고 배를 정지시켰다.

강진은 갑판 위에서 바닷속을 살피고는 중얼거렸다.

"이 근처는 수심이 얕군."

닻을 내릴 수 있을 정도니 깊이가 오 장도 안 되었다. 말하자면 해저에 하나의 봉우리가 있는데 그 꼭대기에 닻을 걸고 배를 세운 형국이다.

강진은 잠시 고민하다 몸을 날려 바닷속으로 뛰어들었다. 햇볕이 물속까지 비추니 의외로 사방이 잘 보였다.

하나의 커다란 돌산과도 같은 해저면이 물결의 일렁거림 뒤로 모습을 드러냈다.

강진은 잠수를 한 채 해저면을 따라 돌아다니며 무엇인가 특이한 곳이 있는지를 찾았다.

과연 한쪽에 사람 몇 명이 들어갈 만한 동굴이 보였다. 해저동굴이다. 입구에 귀신의 얼굴을 한 신선의 상이 새겨져 있는 것으로 보아 틀림없는 듯했다.

'이걸 어떻게 만들었는지 모르지만 사람의 능력에 한계가 없음을 느끼게 하는구나.'

강진은 해저동굴만 보고도 마선도의 힘을 느꼈다. 하기야 해적왕과 같은 자를 계속해서 배출할 정도의 곳이니 사람이 아닌 귀신이 산다고 해도 크게 놀랄 일은 아니리라.

'좋아.'

동굴 끝이 어디로 통해 있는지는 알 수 없지만 강진은 마음을 굳게 먹고 들어가기로 했다.

곧 강진의 모습이 동굴의 어둠을 뚫고 사라졌다.

한참을 나아가니 어느새 굴에 물이 빠졌다.

이제 강진은 서서 물 밖으로 나와 걸을 수 있었다.

다시 하염없이 걸었다. 물속에서 헤엄친 부분과는 비교도 할 수 없이 긴 통로가 이어져 있었다.

강진은 일부러 경공을 펼치지 않았다. 주변을 살피며 혹시라도 무슨 기관장치가 있는지를 보았다.

하지만 없었다.

가끔씩 사람이 손질을 한 흔적은 있었지만 그건 동굴의 통로를 견고하게 만들기 위한 보강 장치에 불과했다.

그렇게 밥을 삼십 끼니쯤 먹을 시간 동안 걸으니 앞쪽에 빛이 보였다.

"거의 만 장에 가까운 길이구나. 내 이곳이 인세가 아니라 명부라 해도 믿겠다."

강진은 동굴의 길이가 상상을 초월함에 다시 감탄했다.

동굴 밖으로 나오니 햇살이 찬란하게 강진을 반긴다.

보통 사람은 그토록 오래 어둠 속에 있다가 빛을 봤으니 눈이 상했을 테지만 강진은 금세 적응했다.

그곳은 높이가 십 장이 넘는 나무들이 빽빽하게 들어서 있는 밀림의 한가운데였다. 나무도 처음 보는 종류들이고 주변에서 울부짖는 새들의 소리도 생소했다.

날씨도 무척 더워 한여름의 강남 기온이었다. 지금은 초봄인데 이렇게 더운 것이 이해가 가질 않았다.

강진은 왼쪽으로 시선을 옮겼다. 인기척이 느껴졌다.

수풀을 헤치며 나온 사람은 열 살이 겨우 넘어 보이는 여자아이였다.

피부색이 짙고 얼굴이 둥근 것이 남방의 야만족들과 비슷하게 생겼다. 의복도 미끈한 다리와 배, 어깨, 팔뚝 등을 그대로 내놓고 있어 중원의 여인들이라면 부끄러워 얼굴도 못 들 만한 차림새였다.

'한어를 알까?'

강진은 소녀와 어떻게 의사소통을 해야 할까를 잠시 생각했다. 섣불리 행동했다가 상대가 오해를 하고 비명이라도 지르는 날에는 난리가 날 것 같았다. 무공이 강하다고 해서 다른 이민족의 부락과 함부로 싸울 수는 없었다.

그때 강진을 발견한 소녀가 약간 놀란 표정을 짓더니 유창한 한어로 외쳤다.

"아앗, 마선도의 선인이신가요?"

"응? 아니, 일단 마선도를 찾아가는 중인데……."

"그럼 선인이 되려고 수행하는 수행자시군요."

여자아이의 눈이 빛났다. 그녀는 시원한 걸음걸이로 강진에게 다가와 왼쪽 팔뚝을 불쑥 내밀었다.

"진언경 좀 써주세요!"

"진언경?"

"퇴마, 복연(福緣)을 위한 걸로요. 수행자님께서 써주시면 제가 마을로 가서 장로파파한테 문신으로 새겨달라고 할게요. 그럼 평생 진언경을 몸에 지닐 수 있죠."

소녀는 강진을 만나 크게 횡재를 했다는 듯 목소리에 흥분이 담겨 있었다.

아직 영문을 알 수 없는 강진은 일단 상대가 한어를 안다는 점에 안도했다. 그리고 마선도의 선인에 대해서도 아는 바가 있을 거리는 점에 기대를 걸었다.

그렇다면 이야기의 주도권을 이쪽으로 끌어와 차분히 알고 싶은 것을 알아내면 된다.

"서둘지 말아라. 내 마침 지필묵도 있으니 도경에 있는 글귀를 써주는 것은 어렵지 않다. 일단 네 이름과 나이, 그리고 생일을 알 수 있겠니?"

"그럼요. 저는 파라샤예요. 나이는 열네 살이고요. 생일은 네 번째 달의 첫날이에요."

생각보다 두어 살 더 나이가 있었다. 이 시기의 아이는 성장이 빨라 두어 살이나 더 어려 보인다는 것은 그만큼 잘 먹지 못했다고 봐야 한다.

그럼에도 불구하고 파라샤의 얼굴에는 근심이 없어 보였다. 처음 나타날 때에도 콧노래를 흥얼거리고 있었다. 거기에 낯선 이에 대한 경계심이 전혀 없다. 아주 평화로운 분위기가 아니라면 이건 불가능한 일이다.

먹을 갈면서 대화를 하다 보니 연력도 중원과는 다른 방식을 쓰는 것 같았다.

사소한 잡담으로 꽤 괜찮은 정보를 얻은 강진은 고개를 끄덕거리며 약속대로 파라샤의 팔뚝에 도가의 진언경 중 귀신을 쫓는 구절과 좋은 인연과 만날 수 있는 축언을 써주었다.

파라샤는 조심스럽게 팔의 먹물이 마르기를 기다려 확인하고는 이내 팔짝팔짝 뛰며 좋아했다. 그 웃음이 어찌나 천진한지 강진도 덩달아 미소를 지었다.

"그런데 혹시 마선도에는 어떻게 들어갈 수 있는지 아니?"

"그럼요. 부락에 가서서 장로파파한테 말씀하시면 입도선을 띄울 수 있어요. 어른들 중에서 마선도의 뱃길을 아는 사람은 몇 없는데 그분들도 꼭 장로파파한테 허락을 받아야 그곳엘 가거든요."

"그래? 그렇다면 나를 부락까지 안내해 줄래?"

"물론이지요. 진언경을 써주셨으니 무엇이든 말씀만 하세요."

파라샤는 팔뚝에 도경 구절을 써넣은 게 그리도 좋은지 신이 나서 통통 튀는 걸음걸이로 강진을 안내해 부락으로 돌아갔다.

'밀림 한가운데 이런 마을이 있다니!'

파라샤의 뒤를 따라 도착한 부락은 생각보다 규모가 컸다. 가옥들의 크기와 숫자로 보아 대략 사오백 명 이상이 살고 있는 것이 분명했다.

강진을 본 부락민들은 하나같이 양손으로 합장을 하며 인사를 했다. 낯선 이를 경계하는 기색은 전혀 보이지 않는다. 오히려 강진을 선인으로 생각하는 듯 아주 공경하는 분위기였다.

그리고 조금 더 안쪽으로 들어가니 여인들의 모습이 보였는데, 그중에서 파라샤만큼 어려 보이는 소녀들은 까꺄거리며 강진에게 손을 흔들었다.

파라샤는 유세하듯 왼팔을 이리저리 흔들어 보였다. 소녀들은 그녀의 팔뚝을 보며 너무나도 부러운 듯 연신 탄성을 질렀다. 그러나 아무도 다시 강진의 앞에 나와 진언경을 써달라고 하지 않았다.

"저곳이에요. 파파께서는 지금 주무시고 계실 거예요. 해가 떠 있는 동안에는 항상 주무시는 게 규칙이래요."

"그렇구나."

강진이 장로파파의 움막으로 다가가니 입구에 지키고 서 있던 건장한 청년이 창을 손바닥 사이에 끼우고 합장을 했다.

"선인을 뵙게 되어 영광입니다."

강진은 어떻게 답을 해야 할지 몰라 그저 포권만 취했다. 그것으로 충분했는지 청년은 별다른 반응이 없었다.

"들어가시지요. 파파께서 기다리고 계십니다."

"어? 파파 깨셨어요?"

"선인이 오셨으니 깨셔야지."

파라샤와 청년의 대화에서 강진은 이 부락은 정말 선인을 좋아하는구나 하고 느꼈다. 이것은 필시 마선도의 영향이리라.

'마선도의 선인들이 이곳에서는 나쁜 짓을 하지 않은 모양이구나.'

하기야 이런 부락을 건드리는 것과 세상을 뒤집어엎는 것에는 어떤 관계도 없으니 그럴지도 몰랐다.

하물며 상황을 보아하니 이 부락은 마선도와의 연결점이라 할 수 있었다.

움막 안에는 사방으로 백여 개의 촛불이 켜져 있고, 가운데에 커다란 짐승의 가죽이 몇 겹이나 깔려 있었다.

중앙에 반쯤 누운 상태로 장로파파가 있었는데 얼굴이 주름으로 가득 차 있어 얼마나 나이가 들었는지 상상하기 어려웠다.

그런데 장로파파의 피부를 보니 부락민처럼 짙은 색이 아니라 아무래도 한인 같았다.

"선인이시오?"

"아닙니다. 저는 마선도를 찾아온 사람입니다."

장로파파가 물으니 강진은 솔직하게 대답했다.

"그렇구려."

옆에서 파라샤가 끼어들었다.

"장로파파, 수행자님께서 제 팔뚝에 진언경을 써주셨어요. 퇴마와 복연의 주문이에요."

"오호, 어디 보자꾸나. 과연 틀림없구나. 그것도 아주 높은 경지의 귀한 구절이다. 혹시라도 흐트러지지 않게 잘 간직하거라. 내 나중에 문신으로 새겨주마."

"예, 헤헤헤."

장로파파는 다시 강진에게 시선을 돌려 말했다.

"선인이 아니시라니 부락의 사정에 대해서는 잘 모르시겠구려. 내 설명하리다."

"경청하겠습니다."

강진이 정중하게 앉으니 파라샤도 옆에 무릎을 꿇고 앉았다. 장로파파는 눈을 감고 이야기를 하기 시작했다.

원래 이 부락의 원주민들은 그야말로 짐승과 같은 생활을 하고 말도 거의 하지 못했다고 한다.

생활도 지금처럼 평지에 움막을 짓고 사는 것이 아니라 땅을 파서 굴을 만들고 그 안에서 살았는데 그때에는 근친상간은 당연한 것이고 서로 먹을 것이 없어지면 싸워서 죽이기까지 했다는 것이다.

그런데 오랜 옛날 선인들이 이곳으로 와 그들을 감화시키고 말을 가르쳤다.

사람이 짐승과 다른 점을 알게 하고 집을 짓고 관습에 따라 결혼을 하는 방법 등, 사람으로서 살아가게 하는 모든 것을 가르쳐 준 것이다.

그런 만큼 이 부락의 사람들에게 있어 선인들은 신이나 다름없었다. 아마 선인들이 이들을 노예로 부리려 했어도 불만 없이 따랐을 것이다.

하지만 선인들은 부락 사람들에게 별다른 요구를 하지 않

있다. 그들은 남쪽 바다에 숨겨진 섬을 찾아 떠났다.

그리고 수십 년이 지나자 선인들은 다시 돌아와 자신들이 숨겨진 섬을 찾아 그곳의 주인이 되었다는 것을 알렸다. 그곳의 이름을 마선도라 하니 바로 선인들이 사는 섬이다.

그 뒤로 선인들은 자신들의 여아 중 하나를 데려와 부락의 무녀가 되게 했다.

선인의 여아는 추장의 부인 중 하나가 되고 아이를 낳는 등 부락민과 융합해 살면서 한편으로는 부락민들의 병을 고치고 결혼식을 주관하며 미래의 길흉을 점쳤다.

그것이 바로 장로파파인데, 추장이 바뀌어도 장로파파는 바뀌지 않는다.

그러니까 재수가 좋은 추장은 장로파파를 부인으로 맞이할 수 있고, 그렇지 않은 추장은 그냥 원주민 부인들만으로 만족해야 하는 것이다.

참고로 추장은 세 명의 부인을 맞이할 수 있는데 차대 추장은 혈연으로 이어지는 것이 아니라 부락민 전원이 인정한 마을 최대의 용사가 맡게 된다고 한다.

그리고 추장의 세 부인은 각자 하는 일이 있는데 그중에서 첫째 부인은 가장 힘이 있어 장로파파의 시중을 들며 간단한 점술과 주문을 배운다.

역경을 읽기 위한 문자도 배우게 되는데 이는 차대 장로파파를 교육시키는 임무가 그녀들에게 있음을 의미한다.

장로파파가 죽으면 부락민들은 마선도로 가서 그 사실을 알리는데, 그럴 경우 마선도에서는 새로운 여아를 하나 내준다.

그러면 부락민들은 그 여아를 소중히 길러 열두 살이 되었을 때 추장과 결혼시키는 것이다. 새로운 장로파파의 탄생이라 할 수 있다.

장로파파는 이름도 없다. 이름이 장로파파인 셈이다.

여기서 부락에 십여 년 정도 장로파파가 없는 시기가 발생하는데, 그때에는 부락민들이 결혼식도 올릴 수 없고, 하늘에 제사도 지내지 못하게 된다.

그래서 모두들 행동에 조심을 하고 사냥도 멀리까지 나가지 않는 등 혹시라도 재앙을 부를지도 모르는 행위는 일절 하지 않는다.

"나도 곧 죽어서 부락 한가운데에 묻힐 테니 몇 년 안으로 새로운 장로파파를 모셔야 할 것이지요. 홀홀홀."

장로파파는 이가 다 빠진 모습을 드러내며 웃었다. 죽음의 공포 따위는 그녀에겐 느껴지지 않았다.

오히려 파라샤가 눈물을 뚝뚝 흘렸다. 알고 보니 파라샤는 장로파파의 손녀 중 한 사람이고 현 추장의 딸이었다.

"그런데 수행자께서는 기왕 파라샤에게 진언도 새겨주셨

으니 초야도 치르는 게 어떠시오?"

"예?"

"이곳에선 초야를 가장 중요하게 생각한다오. 하지만 선인들과는 조금 다른 풍습이 있는데, 모든 처녀는 혼인을 하기 전에 따로 덕망있는 사람과 초야를 치르어 피가 귀신을 부르는 것을 막아야 하는 것이오. 이때 만약 아이를 가지게 되면 그 아이는 무척 큰 복을 타고나니 처녀의 혼인 상대는 또 하나의 커다란 예물을 받게 되는 셈이지요. 보통 그런 아이는 마을의 용사가 되어 귀신과 맹수로부터 마을을 지키게 된다오."

"그런 관습이 있군요."

강진은 서장의 어느 지역에는 라마승이 시집갈 처녀의 초야를 치른다는 풍습을 들은 바가 있었다.

초야에서 처녀가 흘리는 피를 불길하게 생각하기 때문에 처녀의 부모는 큰돈을 주고 덕망 높은 라마승을 초빙하여 처녀가 피를 흘려도 귀신이 들지 않고 복이 찾아오도록 한다는 것이다.

그리하여 그곳에선 숫처녀는 시집을 가지 못한다고 하니 중원인으로서는 이해하기 어려운 일이라 하겠다.

이 부락에도 그런 풍습이 있는 듯했다. 하지만 강진은 원주민 소녀와 관계를 가질 마음이 없었다.

“마선도에 들어가기 전에 함부로 처신하고 싶지 않군요. 사양하겠습니다.”

“그러시오. 흘흘흘.”

장로파파는 굳이 강하게 권하지 않았다.

파라샤도 기대했다가 실망한 듯 고개를 푹 숙였지만 직접 다시 강진에게 부탁을 하려 하진 않았다.

“어쨌든 파라샤는 팔뚝에 복언을 새기게 되었으니 아마 추장의 부인이 될 거요. 부족의 여인들 중 으뜸인 자리에 서게 되겠지.”

‘그런 이유가 있었군.’

강진은 속으로 중얼거렸다.

그러니까 이 마을의 여인들은 선인이나 수행자를 보면 일단 팔뚝에 진언을 써달라고 하는 모양이다. 선인을 처음 본 사람의 권리이고 그것도 선인이 거절하면 그걸로 끝이다.

파라샤의 경우 수행자를 처음 발견했고, 팔뚝에 진언을 받는 데 성공했으며, 그게 정말로 고귀한 주문이었기 때문에 수십 년에 한 번 나올까 말까 하는 복을 타고난 여인이 되었다.

이쪽은 영문도 모르고 행한 일이 다른 사람에겐 평생을 좌지우지할 만한 큰일이 된 것이다.

“아무튼 마선도로 가려면 바닷길이 열려야 하니 삼 일 정도 부락에서 지내시오. 그사이 파라샤의 가족이 집을 비워줄 테니 그곳에서 지내고 음식도 모두 파라샤네 집에서 구해다 줄 것인데 사양하지 마시구려. 사양하면 그 사람들은 수행자께서 만족하지 못하는 것으로 여기고 크게 불안해할 거요.”

“알겠습니다.”

여자아이 팔뚝에 붓 한 번 놀리고 완전 상전 취급을 받게 된 강진은 삼 일간 나름 호강했다.

그러면서 강진은 이곳이 상당히 커다란 섬이고 사람이라고는 이들 부족밖에 살지 않는다는 것을 알게 되었다.

꽃과 짐승들도 특이해서 한 번도 보지 못한 종류도 많았다. 그야말로 별천지인 셈이다.

식사는 밀가루로 만든 떡이 조금 있었고, 각종 고기와 과일들이 제법 풍성하게 나왔다. 특이한 향신료를 쓰는지 익숙지 않은 냄새가 코를 찔렀지만 그런대로 먹을 만했다.

마선도로 가는 바닷길은 평소에는 풍랑이 심하고 해저에 소용돌이가 있어 절대로 배를 몰고 들어갈 수 없다고 한다. 하지만 만월과 그믐의 만조 시에는 신기하게도 소용돌이가 모두 멈추는데 그때에는 배가 하나 겨우 지나갈 정도의 길이 생긴다는 것이다.

부락민 중 배를 몰 수 있는 사람은 적지 않으나 마선도로 가는 뱃길을 아는 사람은 모두 셋밖에 없다고 했다.

소용돌이가 몰아치는 곳 앞까지 가서 만조 때까지 기다렸다가 잽싸게 들어가고 다시 나와야 하니 보통 실력으로는 어림도 없다. 젊은이들 중 가장 배를 잘 모는 사람만 선출하여 뱃길을 전한다.

삼 일 후, 드디어 그믐날이 되자 강진은 입도선을 타고 바다로 나갔다. 그동안 배를 타고 그토록 오래 걸려 해저동굴을 통해 이곳으로 왔는데 다시 바다로 나가려 하니 기분이 묘했다.

마선도가 정말로 하늘 밖에 존재하는 선인들의 거처인지도 모른다는 생각이 다시 들었다.

그러나 하늘에 뜬 달이나 별 등이 모두 이곳이 중원과 다름없는 한 세상의 하늘 아래라는 것을 가르쳐 주고 있었다.

'확실히 세상은 내가 상상한 것보다 넓구나! 이러니 어디에 어떤 신기한 일이 웅크리고 있을지 장담하기 어려운 것이겠지.'

강진은 속으로 생각하며 더더욱 정신을 차려야 한다고 스스로를 다잡았다.

달도 없는 컴컴한 어둠을 헤치고 정해진 경로를 따라 배가 가니 거대한 섬의 윤곽이 나타나 점점 커졌다. 마선도의 모습은 하나의 거대한 성채처럼 사방으로 절벽이 쳐 있어 밖에서는 섬 안쪽을 볼 수 없게 되어 있었다.

입도선은 그 절벽을 따라 섬을 반 바퀴 돌아 반대편으로 나아갔다. 그곳에는 절벽 안쪽으로 움푹 패인 곳이 있어 약간의 모래사장이 펼쳐져 있었다. 섬을 전부 살펴도 배를 댈 만한 장소는 이곳밖에 없다고 했다.

"시간이 없으니 저는 이만 돌아가야 합니다. 수행자께서 꼭 득도하시어 선인이 되기를 기원하겠습니다."

배를 모는 원주민이 합장을 하며 말했다. 때를 놓치면 이 모래사장에서 보름간 갇혀 있어야 하니 서두를 만했다.

배가 떠난 후, 강진은 모래사장을 따라 절벽 안쪽으로 걸어 들어갔다. 안쪽 벽에는 토굴이 몇 개 있었고, 다시 중원의 고대 양식으로 지어진 집도 조금 보였다.

사람이다. 아이도 있고 여인도 있는데 강진이 도착하자 모두 나와 그를 보았다.

하나같이 동작이 기민하고 호흡이 일정한 것이 아이까지 모두 내가기공을 수련한 흔적이 보였다.

강진은 그들의 눈에서 마기가 느껴지지 않자 일단 정중하게 인사를 했다.

"저는 중원에서 온 강진이라고 합니다. 이곳이 마선도입니까?"

중년의 한 사내가 강진에게 다가와 답했다.

"그렇습니다. 강 형은 선인이 되기 위해 오신 것입니까?"

강진은 잠시 입을 다물었다가 속일 필요는 없다고 판단하고는 솔직하게 답했다.

"아닙니다. 저는 마선도의 선인들이 더 이상 중원에 들어와 마업을 행하지 못하게 하려고 왔습니다."

"음, 그렇군요. 언젠가는 이런 일이 있을 거라는 예언이 있었습니다."

중년 사내는 전혀 놀라지 않았다. 그는 자신을 만웅이라 소개했다.

"이곳은 마선도의 외곽 마을입니다. 여기서 내부로 들어가면 신선이 되기 위한 수련을 할 수 있지요. 하지만 신선이 되는 것은 어디까지나 자유입니다."

"그렇습니까?"

만웅은 쓸쓸하게 웃었다.

"말은 그렇지만 섬에서 나가려면 신선이 되는 수밖에 없으니, 중원에 들어가고 싶어하는 사람이라면 내부로 들어가게 됩니다."

"그런 사연이 있군요."

"강 형의 말씀을 들으니 선인들이 중원에 나가서 별로 좋은 일을 하지는 않는 모양이군요."

"말씀드리자면 길지만, 중원에서는 마선도의 선인을 마선이라 부르며 크게 경계를 하는 실정입니다. 저는 마선이 되는 관문을 부수고 이곳에 갇혀 있는 사람들의 금제를 풀 방법을 찾고 있습니다.”

“그런 일이 가능하다면 저희들도 강 형께 크게 감사해야 할 일이지요. 그렇다면 제가 내부로 들어가는 입구까지 안내하겠습니다.”

강진은 다시 만웅에게 인사를 하고 그의 안내를 받아 토굴 안으로 들어갔다.

굴속을 걸으면서 들으니 이곳 외곽 지역에 사는 사람들은 선조가 정한 규율에 따라 살면서 신선술의 기초를 수련한다고 했다.

사람 수도 상당히 많아 섬의 곳곳에서 제각기 무리를 지어 사는데, 토굴로 서로 이동이 가능하다는 것이다.

하지만 내부로 들어가는 통로는 단 하나로 십오 세가 되기 전에 들어갈 것인지 말 것인지를 결정해야 한다.

강진이 보기에 이들이 익히는 신선술의 기초란 것이 상승의 내공수련법인데 아무래도 발경의 묘리만 빠져 있었다.

아무래도 성장하기 전에 따로 보충할 무공을 배우지 않으면 결국 몸을 건강하게 하는 데에 그치는 것 같았다.

하지만 일단 청년이 되기 전에 각오를 하고 내부로 들어가면 제대로 된 무공을 배워 단숨에 고수가 될 길이 열리는 듯하다.

“내부로 들어가지 않고 그냥 섬을 나서려는 사람은 없습니까?”

“그건 불가능합니다. 젖을 떼기 이전이라면 몰라도 성장한 다음에 섬을 떠났다가는 하루가 다르게 몸에 힘이 빠져 결국엔 죽고 맙니다. 선조가 남긴 기록에도 선인이 되기 전에는 이곳에서 결코 나갈 수 없다고 되어 있지요.”

“그렇습니까?”

어떤 금제가 있는지는 몰라도 참으로 지독하다. 마선들은 자신들의 후예가 이 섬을 벗어나면 죽게끔 만들어놓은 것이다.

“이곳입니다.”

만웅이 안내한 곳은 토굴의 가장 안쪽이었는데 아래로 깊이를 알 수 없는 구멍이 뚫려 있었다. 그곳으로 들어가면 시험을 거쳐 내부로 들어갈 길이 열린다고 한다.

강진은 고민했다.

‘그냥 섬의 외부에서 절벽을 넘어서 들어가는 게 낫지 않을까?’

강진은 하늘을 날 수 있다. 유식한 말로 그걸 능공허도라 하는데 편하게 가려면 소매에 기를 넣어 날개처럼 사용하고, 아니면 그냥 절벽을 기어서 올라가도 된다.

‘아니다. 내가 마선도의 마선들을 모두 죽이려고 왔다면 절벽을 넘어 기습을 하는 게 옳겠지만 이들이 어떤 금제를 가지고 있는지 알고 또 그걸 순리대로 풀어 해방시키려면 모든 관문을 시험해 봐야 한다. 해적왕도 말하지 않았던가. 관문 속에 해결책이 있다고.'

아직까지 강진은 자신이 속았다는 것을 깨닫지 못했다. 오히려 마선도의 외부에 사는 사람들이나 원주민들의 선량함을 보고 이 관문만 깨면 이들에게 밝은 길을 열어줄 수 있다고 믿었다.

강진은 크게 심호흡을 하고 구멍 속으로 몸을 날렸다.

—꺄아아아아아!

구멍 속으로 몸을 날리자마자 어디선가 귀신들의 아비규환의 곡성이 들려와 정신을 혼미하게 했다. 하지만 이미 강진은 외부의 침입을 허용하지 않는 경지라 조금도 흔들리지 않았다.

비스듬히 나 있는 구멍 속 삼 장 아래에 작은 공터가 있었고 그곳부터는 계단으로 이어져 있었다.

안력을 돋우어 아래와 벽면을 모두 살피니 벽면은 매끄러운 돌로 되어 있는데 작은 구멍들이 수없이 뚫려 있고 그 안에서 귀곡성이 나오고 있었다.

'사람이 지나가면 그 기세로 소리가 울리는 것이군.'

사람이 움직이면 공기도 움직인다. 그것에 반응하여 귀곡

성이 울리게 하려면 기관의 예민함을 극한까지 올려야 할 것
인데, 그걸 수백 년이 넘게 계속해서 유지되게 할 수 있으니
대단하다 할 수 있겠다.

전부터 생각해 온 거지만 마선도를 세운 사람은 고금제일
의 기관 전문가일 것이다. 그의 장치는 매번 강진을 놀라게
했다.

거의 백 장에 가까운 거리를 나아간 강진은 하나의 석실에
들어섰다.

"지금까지 들어온 길을 보면 섬의 아랫부분이겠군."

아무래도 섬의 지하는 온통 기관진학의 집대성이고 위에
사는 사람들이 들어오고 나가려면 이곳을 통해야만 가능하게
되어 있는 듯하다.

어쩌면 마선도의 신비는 모두 이 지하의 기관진학에 의한
것이라 할 수 있지 않을까? 강진은 일단 시간을 가지고 차분
히 주변을 살펴보았다.

그곳은 석실과 석실이 바둑판처럼 사방으로 이어진 미로
였는데 각 방마다 천장에는 마귀와 신선들의 모습이 그려져
있고, 또 구석의 기둥에는 무공구결이 새겨져 있었다.

구결을 살펴보니 천장의 그림은 무공구결의 묘사임을 알
수 있었다.

그러니까 방마다 하나의 무공이 기록되어 있는 셈이다.

"허, 이 수많은 무공이 하나같이 세상을 놀라게 할 절기인
건가."

강진은 몇 개의 무공을 살펴보고 자신도 모르게 감탄성을
터뜨렸다.

방의 수는 사방으로 열 칸씩이니 모두 백 칸이다.

처음 들어온 곳에는 맑은 물이 흘러 물을 마실 수 있는 공
간이고 무공은 없으나 다른 방은 모두 무공이 적혀 있으니 절
기 구십구 개가 이 안에 기록되어 있는 것이다.

잡스러운 것을 빼고 그야말로 무공의 정화나 다름없는 것
들만 골라서 구십구 개이니 이곳은 그야말로 천하제일의 장
진고라 할 만하다.

소림사의 장경각이라고 해도 이보다 많은 절기를 지니고
있다고 말할 수는 없으리라.

무엇보다 이 무공들은 전혀 마공이 아니었다. 하나같이 현
묘함을 담은 정종의 무공이라는 것이 사람을 놀라게 했다.

강진은 각 방마다 하나하나 돌아다니며 무공구결들을 살
폈다.

"문제는 내가 이 무공을 익히러 온 게 아니라 입구를 찾으
려 한다는 점인데."

결국 사방이 막혀 있다. 그런데 이런저런 생각을 하는 사이
처음 들어온 석실 쪽에서 그르릉 하고 돌이 움직이는 소리가

났다.

강진이 얼른 그곳으로 가보니 처음 들어온 입구가 거대한 바위에 의해 막혀 있었다.

"음, 한 번 들어오면 나갈 수 없다는 것인가?"

강진은 별로 걱정하지 않았다. 바위 정도는 언제든지 부술 수 있었다.

"아니지. 이런 기관이라면 자칫 잘못 건드렸다간 무너지는 수가 있겠군."

땅속으로 한참 들어온 상황이다. 천장이 무너지면 답이 없다. 강진은 일단 경거망동하지 않고 차분히 순리대로 풀어나가기로 했다.

일단 마음을 가다듬고 석실을 하나하나 살펴도 별다른 이상한 점을 발견할 수 없었다.

무공의 구결들을 살펴봐도 그냥 순수한 무공구결일 뿐, 더군다나 무공구결 안에 출구에 대한 비밀을 숨겨놓았다면 진입자가 이 안의 무공구결을 모두 봐야 할 텐데 그건 아닌 것 같았다.

"제목인가?"

제목의 첫 글자를 이으면 문장으로 되어 있다던가 하는 일은 가능하다. 그런데 아니었다.

한참을 고민하다 보니 목이 말랐다. 강진은 처음 들어온 석실로 가서 흐르는 물을 두 손으로 떠서 마셨다. 얼음처럼 차가운 것이 지하 깊은 곳에서부터 흐르는 물 같았다.

차가운 물을 마시니 조금은 더 머리가 맑아지는 것 같았다. 다시 차분히 생각을 하던 강진은 고개를 끄덕이며 중얼거렸다.

"검법이 기록된 석실의 위치가 글자를 만드는군. 십이인가."

그러고 보니 석실마다 방 번호가 새겨져 있었다. 강진은 십이번 석실로 가서 다시 한 번 용의주도하게 사방의 벽과 천장, 그리고 바닥을 모두 살폈다.

과연 십이번 석실 천장에 그려져 있는 그림들 중 한 신선의 눈이 둥글게 패어져 있었다.

강진이 그곳을 손으로 누르니 한쪽 벽면이 열렸다.

다시 이어진 통로, 이 지하 기관의 넓이가 얼마인지 궁금해졌다. 그야말로 지하 도시라고 해도 믿겠다.

어느 정도 나아가니 뒤쪽으로 그르릉 하는 소리가 들렸다. 들어왔던 곳이 다시 막히는 것이리라.

강진은 이미 뒤를 돌아보지 않고 앞으로만 나아가기로 결심한 터라 조금도 흔들리지 않았다.

새롭게 도착한 석실은 상당히 넓어서 거의 대전이라고 할 만했다. 그곳엔 높이 삼 장에 달하는 석상이 세 개나 놓여 있었는데, 하나의 커다란 비석은 호위하듯 감싸는 신장의 모습이었다.

비석에는 고대인들이 쓰던 전자체의 문장이 새겨져 있었다.

강진은 한 글자 한 글자 해독하듯 그것을 읽어나갔다.

우리는 은나라 사람으로 달기와 함께 천하를 도모하려 했었다.

달기는 은나라 왕을 유혹하여 나라를 혼란에 빠뜨리고 천하의 재물을 모아 우리에게 주었다.

하지만 배신자 강상에 의해 우리들의 계획은 주나라에 전해지고, 그 결과 우리들이 준비한 재물과 식량 중 절반을 주나라에 빼앗겼다.

결국 은이 무너지고 주의 천하가 되었으니, 세상의 주인이 바뀌어 버렸다.

하지만 그것은 원래 우리의 몫이었고, 주는 우리가 이루려 했던 모든 것을 도둑질해 간 것이다.

주왕은 그런 사실을 숨기기 위해 은밀히 사람들을 써서 우리들을 제거하려 했다.

우리는 그들의 추격을 떨치기 위해 바다로 나가기로 했다.

주나라에 빼앗기지 않은 나머지 절반의 재물을 실은 배 이백

척과 우리들의 식솔들 삼천 명이 중원을 떠나 망망대해로 나갔다.

천하는 이미 주왕의 것. 중원 천하에 우리가 머물 곳은 없었다.

천신만고 끝에 이곳을 찾은 우리는 분루(憤淚)를 삼키며 빼앗긴 것을 되찾기로 결심하였다.

중원 천하는 우리의 것이다!

그런데 그때 우리들 중 한 사람이 달기의 유물을 전했다. 달기는 우리가 새롭게 정착할 땅을 찾았을 때에 자신의 유물이 전달되기를 원했다고 한다.

그것은 몇 가지 신선술법에 대한 비급이었고, 달기가 어째서 우리들에게 협력하여 천하를 뒤집으려 했는지에 대한 내용이 담긴 유서였다.

마선(魔仙)!

그 위대한 이름 앞에 우리는 무릎을 꿇었다.

달기는 신선이었고, 세상을 변화시키는 선업을 행하는 중이었던 것이다.

고인 물은 썩는다. 만약 썩은 채로 놔둔다면 천하의 만민이 겪는 고통의 업이 얼마나 크겠는가?

또 그 상태가 지속되어 완전히 썩어버렸을 때 천하가 뒤집히면 그 혼란은 더욱 격심할 것이 분명하다.

그리고 새롭게 정립된 천하도 기존의 썩은 독을 완전히 제거하기 힘들어 결국 제대로 서지 못하고 쉬이 약해질 가능성이 크다.

완전히 병들어 양기를 잃은 천하는 결코 회복하기 쉽지 않다.

썩기 시작한 물웅덩이엔 새로 길을 내어 흐르게 만들지 않으면 안 된다. 썩은 다음에는 이미 늦는다.

혼란은 일시이고, 곧 새로운 안정이 들어선다. 병은 약할 때 치료해야 몸의 회복이 빠르다.

달기는 은나라의 수명을 몇십 년 줄이는 것으로 그만큼 천하에 쌓일 고통을 줄이려 했던 것이다.

우리는 일쩍이 달기에게 선택되어 새로운 천하의 주인이 되었어야 했다. 하지만 주왕이 그걸 가로챘다.

하지만 이제 그런 점은 상관이 없다. 주왕이 새로운 천하를 세웠으니 달기의 선업은 이루어진 셈이다.

단지 달기는 우리에게 미안하다고 했다.

자신은 뜻을 이루었는데 우리들은 모든 것을 잃어 다시는 고향으로 돌아갈 수 없게 되었으니 그 점만이 달기의 마음 한구석에 남아 있는 앙금이라고 했다.

달기는 우리에게 욕심을 버리라고 했다. 천하는 우리의 것이 아니라고, 그 누구의 것도 아니라고 했다.

주왕은 천하를 가졌지만, 언젠가는 그의 나라도 망하게 된다. 그러면 다시 새로운 천하의 주인이 나타난다. 그것이 바로 섭리이니 세상에 무한한 것은 없다.

만약 우리가 천하를 가졌어도, 우리의 후예는 그것을 잃을 것이다. 맞는 소리다.

달기의 유언에 담긴 모든 것을 받아들였다. 어차피 얻었어도 잃을 수밖에 없는 것이라면 처음부터 얻지 않아도 상관이 없지 않을까?

그렇다면 우리에게 남겨진 것은 무엇인가. 바로 달기의 유언과 신선술의 비급뿐이다.

달기는 선업을 이루고 죽었다. 그녀는 불멸의 업적을 남겼다.

그것이야말로 진정한 복이고, 또 본받아야 할 점이다.

그렇다. 이제 우리의 길은 정해졌다.

우리의 후예는 달기의 뒤를 이어 선업을 이룰 것이다. 세월의 흐름에 지지 않고 영세에 이르도록 마선의 도를 쌓는다.

마침내 지고의 경지에 도달하여 선인이 될 때까지.

"으음, 쉽게 옳고 그름을 말할 수 없는 내용이다."

강진은 더 이상 마선이 절대악이라고 단정할 수 없었다. 달기의 생각이 어떤 것인지 이해를 할 수 있었다.

어차피 망할 거면 빨리 망해야 회복도 빠르다. 틀린 말은
아니다.

"하지만 개인의 힘으로 그렇게 세상의 흐름을 조절하려는
것이 과연 옳은가? 그것은 너무 오만한 생각이 아닌가!"

강진은 고개를 저으며 한숨을 내쉬었다. 달기의 뜻을 이해
할 수는 있지만 마선을 없애겠다는 그의 결심은 변하지 않았
다.

"무엇보다 해적왕이 한 일은 결코 선업이라고 할 수 없다.
대명의 국운은 아직 기울지 않았고, 돌이킬 수 없는 상태도
아니다. 그럼에도 불구하고 해적왕은 나라를 망하게 하려고
했다."

그렇다. 생각을 정리하니 말이 어떻든 실제로는 결코 인정
할 수 없는 부분이 많았다.

"결국 사람의 판단엔 사리사욕이 들어가게 마련, 마선들은
자신들의 논리에 자아도취되어 세상이 조금만 어지러워지면
그걸 바로잡으려는 생각보다 어떻게든 부수고 새로운 천하를
열려고 한다. 달기가 은 왕조를 멸망시키려 한 것이 정말 은
나라의 국운이 기울어서 더 이상 돌이킬 수 없는 상황이었기
때문일지는 모른다. 하지만 지금의 마선은 아니다."

강진은 결론을 내렸다. 그리고는 계속해서 비석의 남은 부
분을 해석했다.

이 석실에 들어온 자는 상중상(上中上)이다.

입마관의 계단을 지나면서 귀곡성에 홀리지 않았고, 또 석실에 있는 무공에 마음을 빼앗기지 않고 모든 석실을 골고루 살핀 것으로 보아 이미 무공이 선인의 경지에 도달한 후일 것이다.

또한 평면의 조각을 연결하여 다른 입체적인 추론을 할 수 있으니 범인으로는 절대로 할 수 없는 발상이 가능한 지모를 갖추었다고 여겨진다.

이런 재능은 하늘이 내리는 것으로 무공을 익히든 학문을 하든 틀림없이 최고를 넘어 남들과는 다른 경지에 오를 수 있으리라.

하지만 입자(入者)여! 그대는 우리의 후예가 아닐 것이다.

우리의 후예라면 처음 입마관에 들어설 때 들리는 귀곡성에 홀려 의식을 잃고, 귀곡성 속에 숨겨진 다른 입구에 대한 단서를 머릿속에 새겨야 한다.

귀곡성에 버틸 만한 무공을 지닐 수 있는 것은 외부인뿐이다.

어쩌면 그대는 선업을 위해 중원으로 나간 마선을 죽인 자일 것이다. 마선은 자신을 죽인 자를 이곳으로 인도하도록 하는 임무가 있으니까.

그리고 조금 늦게 말하는 거지만, 그대는 이제 이 섬에서 나갈 수 없다. 우리의 후예가 어째서 이 섬을 떠나지 못하고 있는지 아는가? 그것은 바로 이 섬의 물에는 저주가 걸려 있기 때문이다. 바로 귀심천(鬼心川)이라는 저주다.

이 섬의 물을 삼 일 이상 마신 자는 평생 섬의 물을 마셔야 한다. 그렇지 않으면 점점 힘이 빠져 죽게 되는데, 늦기 전에 다시 물을 마시면 살아나지만 늦으면 죽는다.

이것은 내공이 아무리 높아도 피할 수 없는 것이다. 의심나면 한 번 물을 마시지 않고 참아보면 알 수 있다.

삼 일 동안 물을 마시지 않으면 내공이 흩어지고 근력이 떨어진다. 그리고 칠 일이 지나면 대부분 죽는다.

그대가 이 섬에 와서 우리의 후예들로부터 이곳의 입구를 알아내고, 또 백무관에 들어 석실들을 살피는 데에는 적지 않은 시간이 걸렸을 터, 백무관 입관실에 흐르는 물 역시 귀심천이니 이미 그대는 저주에 걸렸음이다.

그렇다. 그대는 이미 마선의 후보이다. 섬을 벗어나기 위해서는 마선이 되는 수밖에 없음을 명심하라. 아니면 죽는다.

"이런, 그런 비밀이 숨어 있었군!"

제대로 된 통로는 바로 귀곡성에 홀려야 들어갈 수 있었다. 이곳은 외부 침입자를 위한 가짜 입구인 것이다. 또한 물을 마시면 큰일이 난다. 삼 일 동안 물을 마시게 되면 평생 섬을 벗어날 수 없게 되는 것이다.

그런데 생각해 보니 강진이 마선도에 온 지 아직 얼마 되지도 않았다.

별로 성격이 급한 것도 아닌데 일이 되다 보니 섬에 들어서자마자 이곳으로 안내되었고, 또 석실에서도 차분히 살피기는 했지만 그다지 오랜 시간 동안 있지는 않았다.

기껏해야 하루? 그것도 물을 마신 것은 방금 전 한 번뿐이다.

이곳을 만든 사람들의 능력이 결코 작은 것은 아니나 그들은 강진의 재능을 무시했다.

강진에게는 석실의 비밀을 푸는 데에 그리 많은 시간이 필요하지 않았다.

"한 번 물을 마셨다고 해서 저주에 걸리는 것은 아니겠지?"

강진은 일단 마음에 거리낌이 있어서는 안 되겠다고 생각하며 내공을 운기하여 위 속의 물을 토해내었다. 약간은 소화가 되었겠지만 일단 대부분은 토해내었으니 이제는 상관없으리라.

"어떻게 할까?"

강진은 잠시 고민했다. 길을 잘못 든 것을 알았으니 돌아갈

까 하는 생각도 들었지만 이미 뒷문은 닫혔다. 처음 생각대로
앞만 보고 나아가는 것이 옳다는 판단을 하게 되었다.

"마선이 되는 수련 중에 마선의 저주를 풀 수 있는 비밀이
숨겨져 있다고 했지? 그걸 위해 왔으니 한번 끝까지 믿어보
자."

비석에 쓰여져 있는 글로 보아 강진은 해적왕이 자신에게
말한 게 일종의 정해진 음모일 수도 있다는 것은 알았다. 하
지만 어디까지가 음모이고 어떤 부분이 진심인지는 구별하기
어려웠다.

과연 해적왕이 죽음을 앞두고 완벽한 거짓만을 이야기했
을까?

그럴지도 모른다. 누가 뭐래도 상대는 해적왕이니까.

"그래도 간다."

강진은 결정을 하고 비석 뒤에 있는 통로로 들어갔다.

그 통로의 위쪽에는 돌로 된 편액이 걸려 있었는데 그곳에
는 등선지로(登仙之路)라는 글이 새겨져 있었다. 아미 지금부
터가 마선이 되는 본격적인 수련관인 듯싶었다.

第四章　적포출동(赤布出動)

赤布
龍王

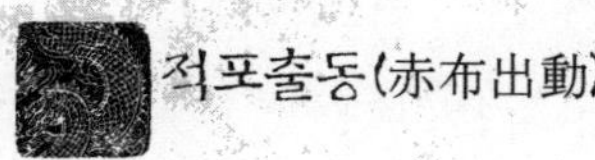

적포출동(赤布出動)

　　강진을 태운 배가 바다 한가운데에 정박하
고, 강진이 바닷속으로 뛰어들어 사라졌다.

　　그 뒤로 하루가 지났다. 아직도 강진은 배로 돌아오지 않았
다. 그의 기척도 완전히 감각에서 사라졌다.

　　아무래도 바닷속에 또 다른 길이 있어 이미 하루 전에 강진
은 떠난 것으로 생각되었다.

　　고래에 타고 몰래 뒤를 따르던 적포천존에게는 결단이 필
요한 순간이 온 것이다.

　　"놓치면 안 되지."

적포천존은 손바닥으로 흑산의 등을 툭툭 두드렸다.

흑산은 머리가 좋아 그것만으로도 주인의 의도를 알고 수면 위로 떠올라 배를 향해 나아갔다.

단숨에 고래 흑산의 등으로부터 배 위로 뛰어오른 적포천존은 걸리는 대로 선원 한 명의 멱살을 움켜잡고 물었다.

"내 제자 어디로 갔냐?"

"어버버."

"아차, 이놈들 벙어리에 귀머거리였지."

사행신마도에서 삼 일간 숨어 있으면서 이미 이 배에 탄 선원들의 상태는 확인했다. 원래는 해적왕을 죽이고 이 배를 빼앗아 중원으로 돌아가려고 했을 정도다.

"너희들 혹시 글 쓸 줄 아나?"

적포천존은 손짓을 동원해 물었다. 그러나 아무리 봐도 하늘 천 자 하나 아는 놈도 없는 듯했다.

"아, 제기랄, 내가 그냥 알아서 찾고 만다."

결국 적포천존은 선원에게서 정보를 얻을 생각을 포기하고 바닷속으로 뛰어들었다. 그리고 강진이 했던 것처럼 이곳저곳을 뒤져 해저통로를 찾아냈다.

"뭐야, 또 땅굴이냐? 이번엔 바닷속 땅굴!"

마선이란 놈들의 선조는 두더지가 틀림없다. 이렇게 땅속을 좋아하는데 그냥 땅속에서 흙 퍼먹고 살지 왜 밖으로 나와 사람을 고생시킬까?

적포천존은 속으로 온갖 욕을 다 퍼부으며 고개를 돌려 흑산을 보았다.

적포천존이 아무리 신통광대한 능력을 지니고 있어도 흑산이 이 굴을 통과하게 할 수는 없다.

"음, 어쩔 수 없군."

지금은 제자를 쫓는 것이 급하다. 적포천존은 흑산에게 기다리라는 손짓을 하고 해저통로로 뛰어들었다.

그리고 강진이 갔던 길을 따라 물 밖으로 나와 원주민들이 사는 섬에 도착할 수 있었다.

하지만 강진과는 다르게 적포천존이 굴을 나온 시간은 한밤중이어서 원주민들과 만날 수 없었다.

적포천존은 일단 가장 가까운 바닷가로 이동해 모래사장 위에서 가부좌를 틀고 앉았다.

'흑산아, 어디 있니?'

적포천존이 정신을 집중하니 의념이 바다의 파도를 타고 사방으로 퍼졌다.

만약 천 리 이내에 흑산이 있다면 적포천존의 부름을 알고 찾아오리라. 물론 그 순간 적포천존도 흑산의 위치를 알 수 있다.

그러나 아무리 불러도 흑산은 대답하지 않았다.

“젠장, 정말 멀리 왔네.”

적포천존은 자리에서 일어나 신경질적으로 모래사장의 모래를 발로 찼다.

흑산은 영성을 가지지 못한 일반 고래이다. 어느 정도 머리는 좋은 것 같지만 그렇다고 해서 사람이나 영물처럼 평생 주인을 기억할 것 같지는 않았다.

이렇게 떨어져 있으면 점점 흑산은 야생으로 돌아가고 적포천존에 대한 것은 싹 잊어버릴 것이다. 그렇게 되는 데 며칠이 걸릴지, 혹은 몇 달이 걸릴지는 적포천존도 알 수 없었다.

분명한 것은 흑산을 그냥 놔두면 자연으로 돌아간다는 것뿐이다.

그게 아쉬웠다.

기껏 길들여서 서로 어느 정도 의사소통까지 하게 되었는데 거리와 시간이 둘을 갈라놓는다고 생각하니 슬프기까지 했다. 오늘따라 흑산의 애교 어린 꾸웅 소리가 그립다.

따로 고래를 잡을 수 없는 것은 아니다. 하지만 이미 흑산에게 정이 든 이상 그가 떠나도 다른 고래로 교체할 마음은 들지 않았다.

“쩝, 만난 것도 인연이고 헤어지는 것도 인연인가. 잘 가라, 흑산.”

적포천존은 마음을 비우고 자신의 첫 비인간 부하에게 작별인사를 했다. 평생 개 한 마리 기르지 않았던 적포천존이었기에 아쉬움이 더했다.

그러는 사이 해가 떠서 사방이 밝아졌다.

모래사장 저편으로부터 일단의 사람들이 걸어왔는데 바로 해안가로 해산물을 구하러 온 부락민들이었다.

적포천존은 그들을 보자 인상을 팍 찡그렸다.

"저놈들은 한어를 모르겠지? 또 손짓발짓을 해야 하는 건가."

생김새부터가 한어를 모르게 생겼다. 까딱하면 쏼라쏼라 이상한 소리를 내며 창이나 활을 겨눌지도 모른다.

적포천존은 그런 불상사를 미연에 방지하기 위해 살짝 전신의 기를 개방했다. 이 정도면 어떤 맹수도 그 앞에서 이를 드러내지 못하리라.

갑자기 밀려오는 강렬한 기운에 원주민들은 깜짝 놀라 적포천존 쪽을 보았다.

하지만 적포천존의 예상과는 다르게 그중 한 여자아이가 환하게 웃으며 달려왔다. 완전히 심봤다는 표정이었다.

"선인이시죠? 제 팔뚝에 진언경 좀 적어주세요. 다산(多産)과 장수(長壽)가 좋은데 그게 아니어도 진언경의 주문이면 아무것이나 상관없어요."

유창한 한어. 흑갈색의 피부를 가진 원주민 여자아이의 팔뚝 안쪽은 한족과 다름없을 정도로 하얀색을 하고 있었다.

적포천존은 잠시 그 팔뚝을 바라보다가 버럭 소리를 질렀다.

"누가 선인이란 말이냐! 내가 평생 제일 싫어하는 게 선인이다!"

적포천존은 부처를 멀리하고 선인에겐 이를 가는 성격이다.

불경은 답답하여 참기 어렵고, 선인 중엔 평생 원수였던 마선 해적왕이 있지 않았던가?

그 이외에도 적포천존은 이상하게 도사와 마주쳐서 일이 잘 풀린 경험이 별로 없었다. 그의 인생은 그쪽과 전혀 맞지 않았다.

그런 적포천존을 선인이라 부르는 것은 뱃사람에게 여자를 태우고 장기 항해를 하라고 하는 것이나, 도박장에서 남자 도박꾼한테 여자 바지를 입고 도박을 하라는 것처럼 기분 나쁘기 짝이 없는 욕과 다름없었다.

"꺄악!"

영문을 모르는 여자아이는 놀라서 제자리에 주저앉아 엉엉 울기 시작했다.

처음에는 그냥 놀라 울음을 터뜨린 것인데, 울면서 생각하니 내 팔자가 참 서러웠다.

선인이 진언경 적어주는 것을 거절했으니 복이 들어왔다

가 그냥 나가는 기분이었고, 또 무섭기도 했다.

혹시라도 내 운세가 좋지 않아 선인이 거절한 것인가? 난 아이도 못 가지고 단명하는 팔자를 타고난 걸까? 혹시 혼인도 못하고?

이런 생각마저 들자 더더욱 눈물이 쏟아져 더욱 구슬프게 울었다.

"흑흑, 껵, 끄으, 흑흑."

너무 상심하니 목이 메어 소리가 잘 나지 않았다. 그래도 소녀는 꿋꿋하게 울었다.

"어어, 이봐, 애야. 너 왜 우는 거냐?"

적포천존은 당황했다. 천하무적의 고수인 그가 무공도 모르는 어린 여자아이를 울린 것이다.

이걸 무림의 후배가 봤다면 그야말로 창피해서 얼굴도 못 들 일이다. 다른 건 몰라도 이런 쪽에는 조금 신경을 쓰는 적포천존이었다.

"일단 울음을 그치고 말 좀 해봐라. 왜 우는 거냐? 안 그칠래!"

달래다 보니 다시 성질이 난다. 결국 또 버럭 소리를 지르고 말았다.

소녀는 더욱 놀라서 반쯤 경기가 들린 표정으로 끅끅거렸다. 선인이 물으니 대답은 해야 할 텐데 말이 잘 나오지 않았다.

"파, 끅, 파라냐, 끅, 언니는, 진, 진언경, 새겨서, 끅, 추, 추장, 끅, 부인으로, 내정, 흐흐흑."

결국 더듬거리다 다 설명하지 못하고 설움이 북받쳐 다시 우는 소녀였다.

적포천존은 그의 기민한 머리를 열심히 돌려서 소녀의 말에서 잡음을 제거하고 내용을 유추해 내었다.

무엇보다 소녀가 한어를 한다는 것이 마음에 들었다. 말만 통하면 손짓발짓을 할 필요가 없지 않은가!

마음에 여유가 생긴 적포천존은 평소의 그답지 않게 유화책을 쓰기로 했다. 쉽게 말해 소녀를 달랬다.

"진언경 적어줄게. 울지 마라. 그리고 나보고 선인이란 말도 하지 마라. 뚝 안 그칠래!"

뚝.

소녀는 울음을 그쳤다.

"정말 진언경을 적어주실 거예요?"

"그래, 그 뭐냐, 다산하고 장수라고 그랬지?"

적포천존의 물음에 소녀는 언제 울었냐는 듯 또랑또랑한 목소리로 대답했다. 선인은 한 말을 꼭 지키는 법이니 이럴 때 확실히 해두어야 한다고 생각했던 것이다.

"예. 파라냐 언니는 퇴마랑 복연이랬으니 저는 그걸로 할래요."

"음 파라냐란 아이도 진언경을 적어 받았느냐?"

"그럼요. 장로파파께서 말씀하시길 아주 도력이 높은 주문이라고 하셨어요. 파라냐 언니한테 주문을 적어주신 분은 선인도 아니고 젊은 수행자였는데 그렇게 높은 주문을 아시니 틀림없이 선인이 될 거예요."

"오호, 젊은 수행자란 말이지?"

제대로 찾았다. 적포천존은 만족한 미소를 지으며 다시 물었다.

"그 녀석이 온 게 한 이삼 일 전이지?"

"예, 맞아요. 어제까지 부락에 계시다가 어젯밤에 마선도로 가셨거든요."

"그래? 부락에 가면 마선도로 갈 수 있는 거냐?"

낯선 이가 와서 이렇게 꼬치꼬치 물어보는데도 소녀는 한 점 망설임 없이 꼬박꼬박 잘도 대답했다.

"장로파파가 허락하면요."

"그렇구나. 가자."

"저기, 진언경은요?"

"맞다. 그런데 뭘로 적지?"

적포천존 성격에 지필묵을 가지고 다닐 리가 없다.

선인이 진언경을 적어줄 뜻이 분명한 이상 걱정할 것은 없다. 여자아이는 헤실헤실 웃으며 신이 나서 말했다.

"장로파파가 선인들이 쓰시는 붓을 가지고 계세요. 거기 가서 적어주세요."

"그게 좋겠다. 어서 가자."

적포천존은 제자도 마선도도 모두 찾은 기분이 되었다.

소녀를 재촉하니 소녀도 마음이 급한 듯 적포천존의 손을 잡고 거의 달리다시피 부락으로 향했다.

확실히 중원과는 다르게 여자아이들이 남자와 접촉하는 것에 크게 부담을 가지지 않는 듯했다.

부락에 도착하니 강진 때와 마찬가지로 원주민들이 적포천존을 환대했다.

"이번에는 수행자도 아닌 선인이시라는군."

"시리노가 안내를 한 걸 보니 진언경을 약속받은 걸까?"

"우리 부락에 복이 넘치는군. 선인께서 찾으신 것은 정말 오랜만인데 말이야."

"쉿, 경거망동하지 말자구. 모처럼 오신 선인께서 불쾌해하시면 어쩌려구?"

멀찌감치 떨어져 합장을 하는 모습이었지만 소곤소곤 최대한 작게 이러저러한 이야기가 오갔다.

문제는 그 말들이 모두 적포천존의 귀에는 들렸다는 것이다. 일반인도 빤히 볼 수 있는 거리에서 아무리 작게 말해봐야 그의 예민한 청각을 피할 수 있을 리가 없다.

적포천존의 미간에 한줄기 주름이 새겨졌다.

'저것들이 말끝마다 선인, 선인 하네. 저걸 그냥 콱… 히유. 참자, 참어.'

적포천존은 발작을 하려다 가까스로 참았다.

일일이 화를 내다간 끝이 없다. 일단 물어볼 말을 물어보는 게 먼저다.

그런 면에서 적포천존은 냉정했다. 쓸데없이 화를 내서 일을 그르치는 성격은 아닌 것이다.

장로파파의 움막으로 들어가니 장로파파가 엎드려서 몸을 부르르 떨고 있었다. 그녀는 오랜 무녀 생활 끝에 어느 정도 신기를 얻었는지 적포천존이 오기 전부터 이런 상태였다고 한다.

"어서 오십시오. 아이들이 무례를 범하진 않았는지요."

상대가 알아서 숙이자 적포천존은 알아서 위엄을 세웠다.

"괜찮다. 그나저나 내 제자가 여기 왔다고 하던데, 마선도로 갔느냐?"

"그 젊은 수행자가 제자였군요. 어제가 그믐날이라 어젯밤에 떠났습니다."

"오잉? 그럼 마선도에는 그믐날에만 갈 수 있다는 거냐?"

"그렇진 않습니다. 보름달이 뜬 날에도 갈 수 있지요."

"쿵, 그래도 보름이나 기다려야 한단 말이 아니냐. 너무

늦다.”

보름이라면 제자인 강진이 마선도의 흉계에 당하거나 반대로 마선도를 뽀개기에 충분한 시간이다.

어느 쪽이든 적포천존에게는 곤란한 일이라 하겠다.

“지금 갈 수 있는 방법은 없느냐? 아니면 장소를 말해줘도 된다.”

“이곳에서 배로 반나절 이상 가야 하는데, 딱히 뱃길을 설명드리기가 힘든 위치입니다. 그믐과 보름 때에만 바닷속의 소용돌이가 진정되어 그때 이외에는 접근조차 할 수 없다고 합니다.”

“소용돌이가 있는 곳까지만이라도 나를 데려다 주면 된다. 그 뒤로는 내가 알아서 가겠다.”

“그럼 그렇게 하도록 하지요.”

장로파파는 적포천존이 가능한 한 이 부락을 빨리 떠나주기를 본능적으로 원했다. 그렇기 때문에 적포천존이 요구하는 것을 무리를 해서라도 들어줄 수밖에 없었다.

곧 장로파파의 시중을 들던 여인 중 하나가 움막 밖으로 나갔다. 입도선을 몰 수 있는 부락민을 부르러 간 것이다.

그사이 옆에서 눈치만 보던 소녀는 장로파파의 모습을 보고는 차마 더 이상 적포천존에게 진언경을 적어달라고 조르지 못했다. 알고 보니 이 선인 아저씨는 무서운 사람인 모양이다.

그러나 적포천존은 말한 것을 쉽게 잊는 사람이 아니다.

"붓이 있다고 들었다. 이 아이에게 도경의 경문을 적어줘야 하니 잠시 빌리자."

"시리노에게 진언경을 적어주신다니 정말 감사합니다."

장로파파는 목에 목걸이처럼 매달아 걸고 있던 짧은 붓 중 하나를 적포천존에게 건넸다.

그 붓은 일반 붓의 절반 정도 길이를 하고 있었고, 뚜껑에는 붉은 주사가 담겨 있어 부적을 적는 붓인 것 같았다.

적포천존은 붓을 받아 들어 붉은 주사로 시리노에게 되는 대로 도가의 경문을 적어주었다. 시리노가 원한 대로 다산과 장수를 위한 경문이었다.

그러나 적포천존은 일찍이 공부를 제대로 한 적이 없었고, 도경을 진지하게 읽은 적도 없었다.

강진의 경우는 천룡교의 무공을 익히면서 자연스럽게 읽게 된 것이라도 있었지만, 적포천존의 무공에 도가의 잔재는 티끌만큼도 없다. 반도가적인 무공의 필두가 바로 적포문의 무공이 아니겠는가?

그래도 살아온 연륜이 있기에 몇 가지 아는 구절은 있었다.

그러나 그것은 시장터에서 구걸하는 거지들이 어느 날 양심과 체면을 버리고 사기를 치기 위해 도복을 입고 죽립을 쓴 다음에 시골구석에 가서 읊조리는 급조한 반가짜 도경에 필적할 만한 속된 것이었다.

더 쉽게 말하자면 얻어들은 천자문을 읊는데, 하늘천 따지 가마솥에 누룽지 하는 식이라 할 수 있다.

글자를 모르는 시리노는 신이 나서 얼른 팔뚝을 내밀어 장로파파에게 보였다. 적포천존이 적어놓은 황당무계한 경문을 읽은 장로파파의 얼굴 주름이 아주 미세하게 파르르 떨렸다.

하지만 세월의 연륜이란 무시할 수 없는 법, 그저 노환으로 인한 자연스러운 주름의 떨림으로 보였을 뿐이다.

시리노는 그 잠시의 침묵조차 참지 못하겠다는 듯 기대감에 빛나는 눈으로 재잘재잘 입을 놀렸다.

"장로파파, 어때요? 훌륭한 주문인가요? 파라냐가 받은 주문이 그토록 높은 것이라고 했는데, 그 수행자님의 사부께서 적어주신 것이니 더 훌륭하겠지요?"

'도대체 어디가 훌륭하다는 거냐? 제자는 멀쩡한데 사부란 이는 무식하기 이를 데 없구나!'

하지만 여기서 그런 기색을 보여서는 절대 안 된다. 마을의 무녀로 살아오며 다진 본능에 의하면 저 남자는 정말 위험한 사람이다.

큰 비나 바람이 불기 전에 느껴지는 찌릿한 감각이 사정없이 온몸에 경고를 보내고 있다. 여기서 말 한마디 잘못하면 시리노가 실망하는 것은 둘째 치고 적포천존이 어떤 반응을 보일지 짐작도 할 수 없다.

"그건, 시리노야. 너무 욕심을 내면 안 된다. 진언경을 팔뚝에 새긴 것은 더없는 영광이고 평생의 복이지. 하지만 그걸 자랑하고 서로 비교하려 하면 오히려 복이 화가 될지도 모른단다."

"예……."

"항상 겸손하게 행동하고 평소에는 팔뚝에 깨끗한 천을 감아 남에게 함부로 보이지 않도록 해라."

장로파파는 훌륭하게 말을 슬쩍 바꾸어 시리노에게 충고했다. 시리노는 분위기에 넘어가 그게 좋다는 소린지 나쁘다는 소린지 더 이상 생각하지 않고 그저 속으로 좋아라 했다.

장로파파가 이토록 자상하게 충고를 해주는 것 또한 부락민으로서 상당히 자랑할 만한 일이다.

어쨌든 적포천존은 약속을 지켰다. 그게 훌륭한지 아니면 허접한지는 그가 상관할 바가 아니었다.

적포천존은 입도선을 몰 수 있는 부락민이 오자 당장 떠나려 했고, 장로파파도 빨리 적포천존을 보내려 했다.

그렇게 적포천존은 부락을 떠나 마선도로 향했다.

입도선이 멈춰 선 곳은 마선도가 눈에 보이지도 않는 곳이었다. 귀기가 흐르는 안개가 자욱하고, 곳곳에 암초들도 있어 확실히 이런 데에는 목숨을 내놓을 각오를 하고 들어가야겠구나 하는 생각이 들었다.

하물며 바닷속의 해류가 엉켜 소용돌이까지 있다면 배가 들어갔다가 멀쩡히 나올 가능성은 만에 하나도 없으리라.

노를 젓던 원주민이 안개 속을 가리키며 말했다.

"안으로 한참 더 들어가면 바위섬이 몇 개 있습니다. 그중 가장 크고 사방이 절벽으로 뒤덮인 곳이 바로 마선도입니다."

"그러냐? 그럼 넌 돌아가라."

적포천존은 원주민 사공을 돌아보지도 않고 말한 후 그대로 몸을 허공으로 띄워 안개 속으로 날아갔다.

사람이 새처럼 하늘을 난다!

몇 번 본 사람은 그러려니 하겠지만 역시 난생처음 이걸 본 원주민 사공은 놀라서 과연 선인의 술법은 놀랍다고 중얼거리며 연신 절을 했다.

한 치 앞도 못 볼 정도로 안개가 자욱하기는 해도 적포천존의 감각을 가릴 수는 없었다.

적포천존은 바다 군데군데에 솟아 있는 암초들 사이를 날아다니며 점점 안으로 들어갔다.

이야기를 들은 대로 안으로 들어갈수록 암초들이 커져 이제는 바위섬이나 다름없는 크기가 되었다.

　적포천존은 그야말로 기암절벽 사이를 바다제비가 날 듯 사방을 민첩하게 헤집고 다녔다.

　그런데 막상 그렇게 돌섬들 사이로 들어서니 어느 게 크고 어느 게 작은 건지 잘 알아보기가 힘들었다. 어쩔 수 없이 기감을 더욱 예민하게 하여 주변의 지형을 모두 살펴야 했다.

　섬은 많았다.

　남해의 해남검파는 일곱 개의 큰 섬에 제각기 분파를 두어 초식은 같아도 기풍이 조금씩 다르게 발전했다고 한다. 하지만 이곳은 큰 섬이 일곱 개가 아닌 스무 개도 더 되는 듯했다.

　"흠, 이게 아니군. 섬이 아니라 사람을 찾아야 하는 거였어!"

　조금 헤매기는 했지만 적포천존은 확실한 방법을 찾아냈다. 결국 마선도에는 사람이 살고 있을 터이니, 사람이 사는 섬을 찾으면 그게 바로 마선도가 아니겠는가.

　일일이 지형을 살필 필요가 없어진 적포천존의 이동 속도는 점점 빨라져, 마침내 마선도를 찾을 수 있었다.

　사방이 절벽으로 둘러싸인 섬, 과연 원주민 사공의 설명이 옳았다.

　"서두를 필요는 없지."

　적포천존은 천천히 절벽을 따라 섬을 돌아 하나뿐인 모래사장도 찾아냈다. 그 안에 사는 사람들도 발견했지만 일단은 기척을 숨기고 그들을 관찰했다.

　마선도의 마선들에게 들키는 것은 두렵지 않으나 제자에게 걸리는 게 싫었다. 결정적이지 못할 때에 먼저 만나 버리면 지금까지 열심히 숨어 따라온 보람이 모두 물거품으로 변해 버린다.

　"이제부터 정말 신중해야 한다."

　강진의 기감이 얼마나 예민한 줄 잘 아는 적포천존이기에 조심에 조심을 거듭해 호신강기로 주변의 기운을 붙잡아 그가 움직여도 공기가 흔들리지 않도록 했다.

　그러는 한편 안에서 생활하는 사람들을 자세히 살펴 그들이 과연 마선인가 확인하려 했다.

　곧 적포천존은 섬에 사는 사람들이 마공을 익히지 않았다는 것을 알았다.

　"이놈들은 상관없는 건가? 음, 절벽 안쪽으로 들어가 봐야겠군."

　절벽 안쪽으로는 어떤 장치가 있는지 몰라도 적포천존의 기감으로도 안을 살필 수 없었다. 상당히 고단수의 기문진이 섬 전체에 설치되어 있음이 틀림없다.

　"하기야 화산을 틀어막는 재주를 지닌 놈들이니 진짜 본거지엔 수작을 부려도 단단히 부려놨겠지."

　적포천존은 다시 한 가지 결단을 내려야 할 순간이 왔음을 깨달았다.

첫 번째 방법은 섬 외곽에 사는 자들 중 하나를 붙잡아 정보를 얻는 것이다.

이 방법이 편하긴 하나 만약 사람들이 내부에 적포천존이 왔음을 알린다면 그 뒤로는 일이 복잡하게 꼬인다.

적포천존은 결코 기문진이나 기관진학을 얕잡아보지 않았다. 오히려 무공고수보다 이쪽이 더 무서울 수 있다는 것을 일찍부터 알고 있었고, 또 이번에 된통 당하면서 더욱 뼈저리게 느꼈다.

두 번째 방법은 그냥 무작정 절벽을 기어올라 안으로 숨어들어 가는 것이다.

이게 좋은 점은 들키지만 않으면 적의 심장부까지 아무런 방해도 받지 않고 갈 수 있다는 데에 있다.

웬만하면 안 들킬 자신이 있는 적포천존이었기에 더욱 마음이 끌렸다. 그리고 무엇보다 적의 뒤통수를 칠 수도 있다는 기대 심리가 크게 작용한다.

하지만 반대로 제대로 된 정보도 없이 무작정 잠입하다가는 영문도 알 수 없는 문제에 부딪치게 될 가능성도 높았다.

잠시 망설이던 적포천존은 피식 웃으며 중얼거렸다.

"내가 언제부터 생각하며 움직였냐? 일단 하나 잡아서 물어보고 생각하자."

적포천존은 외곽에 있는 집으로 숨어들어 갔다. 그리고 대

뜸 안에 있는 자의 혈을 짚어 말도 못하고 움직이지도 못하게
했다.

"물어볼 말이 있으니 대답해라."

적포천존은 제압된 자에게 인상 쓴 얼굴을 가까이 들이밀
고는 말에도 기를 살짝 실어 말했다. 그러자 상대는 대번에
안색이 창백해져 겨우 고개를 끄덕였다.

섭혼술은 모르지만 상대를 위협하는 데에는 또 일가견이
있는 적포천존이었다.

적포천존은 상대가 저항하지 못하리란 것을 알고 일단 말
을 할 수 있도록 아혈을 풀었다.

"이곳이 마선도 맞냐?"

"그, 그렇습니다."

사십 정도 되어 보이는 남자는 이미 반쯤 혼이 나간 듯 말
을 더듬으면서도 적포천존이 묻는 말에 솔직하게 답했다.

"너희는 마선이 아니고, 절벽 안쪽에 마선이 사는 거냐?"

"예, 예. 저희들 중에 마선이 되고 싶은 사람은 내측으로
들어가 심사를 받아야 합니다."

"크흠, 내측이 어디냐?"

"토굴의 가장 안쪽에 있습니다."

"아, 제기랄, 또 땅굴이야!"

순간 적포천존은 그냥 절벽을 넘기로 결심했다.

"그런데 혹시 나 말고 외부인이 또 온 일은 없냐?"

"이, 있습니다. 얼마 전에 젊은 무사가 와서 내측으로 들어 갔습니다."

"호, 그놈이 뭐 하러 왔는지는 알고?"

"우리들이 섬에서 떠날 수 있게 마선도의 관문을 부순다고 했습니다."

"큥, 그럼 너희들은 딱히 마선이 되고 싶어하는 것은 아니구나?"

"예, 예. 그래도 마선이 되면 섬에서 나갈 수 있으니, 바깥 세상을 보고 싶은 젊은이들이 자신의 운명을 시험하러 들어 갑니다."

"그래? 알았다."

이 정도면 알 건 다 알았다. 적포천존은 사내의 머리에 손을 살짝 얹었다가 놓았다.

그러자 사내는 눈을 까뒤집으며 옆으로 쓰러졌다.

"이 정도면 누가 봐도 이놈이 발작을 일으켜서 쓰러진 걸로 알겠지. 한 일주일 정도 의식을 잃고 있다가 멀쩡하게 깨어날 테니 염려 말아라."

머릿속에 기를 심어놓을 수 있으니 이게 편하다.

백회혈을 살짝 눌러놓으면 바로 의식을 잃는데, 기가 사라질 때까지 절대로 깨어나지 않는 것이다.

　적포천존은 바닥에 쓰러진 사내를 그대로 놔두고 흔적없이 그곳을 빠져나왔다. 그리고는 섬의 반대편으로 가서 절벽을 기어오르기 시작했다.

　나는 새도 넘지 못할 만큼 깎아지른 절벽이지만 적포천존에겐 평지나 다름없었다. 휘익, 휙 하고 몇 번 몸을 날리니 어느새 절벽의 중간까지 올랐다.

　"음?"

　적포천존은 문득 이상함을 느끼고 이동을 멈췄다. 돌 틈 사이로 작은 구멍들이 숭숭 뚫려 있었는데 아무리 봐도 자연적인 것은 아니다.

　주변을 보니 마치 절벽에 띠를 두른 것처럼 구멍이 이어져 있었다. 적포천존은 일단 그 구멍 속으로 기를 흘려 넣어 보았다.

　그러나 안이 복잡해서 무엇이 있는지, 어떤 용도인지 알 수가 없었다.

　"나중에 조사하자. 아니면 적당한 놈을 붙잡고 물어보던지."

　일단은 섬의 중추로 가서 마선들을 제압하는 게 먼저라고 판단한 적포천존은 일단 호기심을 접었다.

　얼마 후, 적포천존은 절벽 위에 도달했다.

　절벽 안쪽은 넓은 분지와 같은 지형을 하고 있었는데, 안쪽으로 또 절벽이 있었다. 그러니까 접시를 겹쳐 쌓아놓은 형태의 지형이었다.

두 번째 절벽 사이에는 돌로 된 간단한 구조의 집이 몇 채 보였는데, 그곳에 사는 자들의 무공은 아래쪽에 있던 자들과는 비교도 할 수 없을 정도로 강해 보였다. 아울러 어느 정도 마기도 느껴지는 것이 여기부터는 확실히 마선이 되기 위해 수련하는 자들이 사는 곳임을 알 수 있었다.

"맨 위층까지 가야 하는 건가."

절벽이 층층이니 끝까지 올라가기로 하고 적포천존은 다시 안쪽 절벽으로 몸을 날렸다. 그런데 막상 절벽을 타고 오르려 하니 이건 외벽과 조금 달랐다.

검은 흑석의 절벽 면에는 범어가 가득 새겨져 있었는데 범어는 하얀 흙으로 매워져 더욱 선명했다.

어디선가 많이 본 모양이다.

"이런 젠장, 여기도 무너지게 되어 있는 거냐!"

적포천존은 자신도 모르게 손으로 머리 위를 쓰다듬으며 중얼거렸다.

해적왕을 죽인 후에 더 이상 머리를 밀지 않았기에 이제는 짧은 머리카락이 손바닥을 자극했다. 하지만 그때 느꼈던 화산의 열기는 아직 생생하게 머리 피부에 남아 있다.

절벽의 문양은 바로 사행신마도의 절벽 속에 숨겨져 있던 형태와 거의 같았다. 느낌상 용도도 다르지 않을 것 같았다.

유사시 섬이 터질지도 모른다. 아니면 아예 이 섬 자체가 사행신마도처럼 해저 화산을 틀어막고 있을 가능성도 있다.

어느 쪽이든 적포천존은 별로 당하고 싶지 않았다.

기관, 그것도 자폭성 기관의 무서움을 두 번 경험하는 것은 정신 건강상 좋지 않을 것 같았다.

그러나 제자가 이 안에 있는 이상 적포천존도 들어갈 수밖에 없다.

"그래, 섬이 터지든 하늘이 무너지든 안 죽으면 되는 거 아니냐? 까짓것 용암 맛 한번 더 보지."

적포천존은 안 죽을 자신이 있었다.

그나마 어느 정도 상처를 입을지도 모른다고 각오를 하는 것 자체가 마선도를 크게 생각한다는 증거라 할 수 있었다.

대신 이 기관을 지키고 있는 자에게 가능하면 들키지 않기로 결심했다. 결국 기관이 움직이는 게 싫은 것이다.

스스스스.

적포천존의 몸이 서서히 위로 떠올랐다. 절벽에는 손끝 하나 대지 않으면서도 절벽의 굴곡 틈 사이로 몸을 숨겨 옆쪽에서는 모습이 잘 보이지 않게 했다.

그러면서도 끊임없이 기감으로 사방을 살펴 누군가 자신을 알아보는지 확인했다.

결과적으로 말해 마선도는 삼 층 절벽의 구조로 되어 있었다.

두 번째와 세 번째 절벽의 경우는 역경사가 대부분일 정도로 험했는데, 표면도 매끄러운 흑색의 편모강으로 되어 있어 하늘을 날 정도가 아니면 감히 올라갈 엄두도 못낼 지경이었다.

각 층의 사이마다 적지 않은 사람들이 살고 있었는데 일층보다는 이층이, 그리고 이층보다는 삼층에 사는 사람들의 무공이 강했다.

특히 정상이라고 할 수 있는 삼층에 사는 자들은 모두 삼십여 명이었는데, 그들은 무공이 강호의 최고 고수 수준에 이르러 있었다.

또한 아직 강기를 사용할 수 없는 듯했지만 눈으로부터는 마기가 흘러넘쳐 어느 정도 한계를 벗어나려 하고 있음을 알 수 있었다.

이들 정도라면 가히 마인이라고 칭해도 될 것이다.

"킁, 천외천이라고 해야 하나? 아니면 지옥굴이라고 해야 하나. 한 가지 분명한 것은 중원의 무림보다 이쪽이 훨씬 무공 수준이 높다는 거구나."

적포천존은 솔직하게 그들의 수준을 평가하고는 몸을 날려 그들이 있는 곳으로 이동했다.

더 이상 기척을 숨기지 않고 이자들을 모두 척살한 후 몇 명만 남겨 섬의 비밀을 캐기로 작정한 것이다.

"침입자다!"

"선인의 경지!"

삼층 꼭대기에 있던 자들은 적포천존이 기척을 드러내자마자 일제히 몸을 돌리며 싸울 준비를 했다. 마기가 충천하여 하늘에 떠 있는 구름이 흩어졌다.

그러나 적포천존에게는 다 어린애 장난으로 보였다.

"못 당할 걸 알면서 자세는 왜 취하냐?"

퍼퍼펑!

손짓 한 번에 세 명의 마인이 가슴이 터지며 뒤로 튕겼다.

"막을 수 없다. 마라층층진을 펼쳐라!"

가장 나이가 들어 보이는 자가 외치자 남은 마인들이 몸을 움직여 세 줄로 늘어섰다.

동시에 그들의 몸에서 뿜어지는 마기에 변화가 일었는데 가장 앞 열의 마인들은 불과 같은 열기를 내뿜었다.

이열은 냉기, 그리고 삼열은 다시 열기인 것으로 적포천존은 느꼈다.

"수작 부릴 시간을 줄 정도로 난 자비롭지 않다!"

콰콰콰콰!

상대의 수작이 범상치 않다. 적포천존은 즉시 양손을 연속으로 뻗어 단숨에 십이 장을 쳐냈다.

강기의 장력이 무리를 이루어 파도처럼 밀려갔다. 그건 정말 적포천존이 마음먹고 무공을 펼친 결과로 마인들도 생전 처음 보는 광경이었다.

원래의 그라면 신기한 것을 보면 일단 손을 조금 늦춰서 구경이라도 조금 하겠지만 지금은 그럴 생각이 없었다.

적포천존이 노리는 것은 해적왕 수준의 무공을 지닌 서너 명의 마선이다.

이들을 먼저 처리하려는 이유도 그런 무시할 수 없는 적 서너 명이 합공하고, 또 뒤에서 이놈들이 이상한 수작을 피우면 아무래도 정신이 사나워지기 때문이었다.

그런 만큼 자잘한 놈들―결코 자잘하지 않지만 적포천존의 평가로 볼 때―은 빨리빨리 처리하고 진짜 표적을 상대해야 했다.

"으아아악!"

가장 앞 열에 서 있던 자들은 흔적도 없이 사라졌다.

그야말로 가루가 되었다는 표현이 옳은 것이다. 이열에 있던 자들 역시 모두 죽었다. 강기의 파도에 몸이 터져 버렸다.

그런데 삼열에 서 있던 마인들 중 몇몇은 죽지 않았다.

신기하게도 일열에 있던 자들이 죽은 후에도 몸에서 뿜어낸 열기가 사라지지 않고 뒤로 밀려가 커다란 벽을 형성했다.

열기로 싸인 냉기의 벽은 강기를 버티는 힘을 발휘하여 삼열을 보호한 것이다.

만약 적포천존이 일 장이나 이 장 정도를 쳐냈다면 일열에 있던 자들도 죽지 않았을지도 모른다.

"오호, 그런 재미있는 방법이 있었구나!"

역시 세상은 넓고 무공의 이론도 많다. 적포천존은 또 한 가지 재미있는 것을 보았다.

"크으윽, 이토록 강한 힘이라니."

살아남은 자들도 내상이 심한지 거의 서 있지 못하고 땅에 주저앉았다. 코와 귀에서 피를 흘리는 것이 더 이상 무공을 사용하여 싸울 만한 상태는 아닌 듯했다.

"딱 좋군."

어차피 몇 명은 살려서 제일 센 놈들이 어디 갔는지 알아내야 했다. 적포천존은 얼른 그들의 혈도를 짚어 몸속에 자신의 기운을 심어놓았다.

"내 듣자 하니, 이곳에 강기를 쓸만한 자들이 서너 명은 있다고 들었다. 그놈들은 어디 숨었느냐?"

단도직입적으로 묻는 적포천존의 위용은 하늘에서 내려온 천장이라고 해도 믿을 만했다. 단지 수염이 좀 거칠고 머리가 짧은 게 흠이라면 흠이었다.

질문을 받은 마인이 입으로 피를 한 번 토한 후 가까스로 대답했다.

"삼선이라면 마지막 마선의 관문 통과를 위해 출마관에 들었소."

"출마관?"

"이 아래에 있는 지하 관문 가장 안쪽에 위치한 곳이오. 저 석실 바닥에 있는 계단을 통해 지하로 내려갈 수 있소."

마인은 정말 마인답지 않게 순순히 솔직담백하게 대답을 했다. 사실 그들의 상식은 바로 강자존(强者尊) 선인출(仙人出)이었기에 이토록 강한 적포천존이 적인지 아군인지는 별로 상관하지 않았다.

자신보다 강한 자에게는 순순히 따르는 것이 이 섬의 또 하나의 법칙인 것이다. 그래야 한 대라도 덜 맞는다는 것을 그들은 알고 있었다.

물론 법칙 자체는 덜 맞는다는 표현을 쓰지 않고, 선업에 조금이라도 가까운 자에게 마땅히 경외심을 가져야 한다는 식의 그럴듯한 문자를 사용했다.

그러나 적포천존은 마인의 말을 듣자마자 인상을 팍 구기며 마인의 코를 주먹으로 쳐서 쓰러뜨렸다.

퍽 하는 소리와 함께 마인은 허공중에 코피를 뿜어대며 뒤로 넘어갔다.

"이런 땅그지 같은 놈들을 봤나! 또 땅굴이야?"

이제는 땅굴 이야기만 나와도 이가 갈리는 적포천존이었다.

아래로 내려가야 하나?

적포천존은 정말 진지하게 고민했다.

다른 놈들에게도 이야기를 들어보니 이 안은 미로처럼 되어 있어 한 번 들어가면 쉽게 나올 수 없다고 한다.

삼선이라는 세 놈이 들어간 지도 벌써 반년 가까이 됐는데, 그들도 못 나오고 있을 거라고 한다. 안 나오는 게 아니다.

무엇보다 절벽에 새겨져 있는 그 범어들이 마음에 걸렸다. 아래로 내려갔다가 이 돌산이 통째로 무너지면 아무래도 죽을 가능성이 좀 높다.

“에라, 기다리면 삼선인지 하는 놈이든 제자든 나오겠지.”

결국 적포천존은 내려가지 않기로 마음을 굳혔다.

사실 제자인 강진의 능력으로 볼 때, 땅굴 속에서 헤매는 데에는 그가 오히려 적포천존보다 나은 면이 있다고 볼 수 있었다. 쉽게 당하거나 하지는 않으리라.

무엇보다 강진이 땅굴 속에 있는데 적포천존마저 내려가버리면 마인들이 무슨 짓을 할지 아무도 장담할 수 없다.

한 달 정도는 기다려 보고 다시 생각하는 게 좋다고 그의 본능이 말해주었다.

‘그럼 그동안 뭘 하지? 흐음, 뭐 심심한 대로 위쪽이나 청소하면 되겠군!’

그렇게 생각한 적포천존은 제압한 마인들 중 하나를 붙잡아 일으켜 물었다.

“너! 술 좀 가져와 봐라.”

“술은 없소… 이다. 이곳은 수행을 하는 곳이니 선조께서
는 금주의 법을 세우셨으니까요.”

하오체로 말하려는 순간 섬뜩한 느낌을 받은 마인은 얼른
융통성을 발휘해 말투를 바꿨다. 어차피 강자존의 섬에서 이
쯤이야 별로 흉이 될 건 없다.

“술이 없다고? 그게 정말이냐?”

이건 또 무슨 날벼락 같은 소린가? 사람이 이렇게 많이 사
는 곳에 술이 없다니!

“그, 그렇습니다. 마선도의 사람들 중 감히 선조의 법을 어
기는 자는 없습니다요.”

적포천존의 인상이 험악해지자 마인의 존대는 점점 심해
져 문법에도 맞지 않는 투까지 발전하고 있었다. 그러나 말거
나 적포천존은 다시 한 번 다짐하듯 물었다.

“그럼 섬에 사는 놈들 전체가 술을 안 마신단 말이냐?”

“예, 사실입니다요. 저, 혹시 목이 마르신 거라면 물을 가
져다 드리겠습니다요.”

“하, 미치겠네. 누가 술을 목말라서 마시냐!”

헛소리를 하는 것으로 보아 마인들이 정말로 평생 술을 마
셔보지 못했다는 것을 알 수 있었다.

적포천존은 다시 내가 이런 인간이 사는 것 같지도 않은 섬
에서 지내야 하나 하고 심각하게 고민했다. 원숭이도 담그는

술을 그토록 오래 모여 살면서 하나도 안 담그다니 그게 말이
되는 일인가?

적포천존의 기준으로 자신이 즐길 것이 없는 곳은 인간다
운 세상이 아닌 것이다. 때문에 그냥 다 때려죽이고 떠나고
싶은 욕망이 불끈불끈 일었다.

"쿵, 없으면 담그면 되지. 뭘 나답지 않게 고민하고 있었
지? 야, 여기 물은 깨끗하냐? 술이 맛있으려면 물이 맑아야 하
는 법이지."

"저, 저쪽에 있습니다요. 물 맛은 꽤 좋은 편입니다요."

마인이 대답하며 손가락으로 석실 안쪽을 가리켰다. 그 안
에는 식수대가 있었는데, 산꼭대기까지인 이곳까지 물이 솟
아오르고 있었다.

적포천존은 서두르지 않고 식수와 식량부터 확보하고 잠
잘 곳을 정하는 등 장기 체제에 필요한 것들을 하나하나 확보
해 나갔다.

마인의 말대로 그곳의 물은 아주 맑고 시원해서 약수라 할
만했다.

第五章
망아지심(忘我之心)

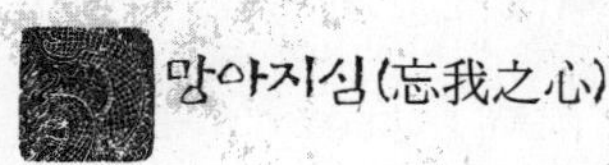

원래 마선도의 지하 미궁은 몇 개 구역으로
나뉘어져 있었다.

외부의 가장 하층에 있는 해변 마을로부터 지하 미궁으로
들어오는 입마관.

일반 수행자들이 일층 절벽으로 오르기 위해 기초 마공을
수련하는 동마관.

일층에서 이층으로 가는 통로이자 시험관인 은마관.

다시 이층에서 삼층으로 올라갈 수 있는 금마관.

그리고 삼층에서 마선이 되어 외부로 나갈 수 있는 힘을 얻게 되는 출마관이다.

일단 출마관을 통과하면 섬을 나가고 들어오는 게 자유로
워질 뿐만 아니라, 귀심천의 저주로부터 벗어나는 방법에 대
해 알게 된다.

그러면 마선은 섬의 마인들 중 한 명을 제자로 삼아 귀심천
의 저주를 풀어준 다음 둘이 중원으로 떠나는 것이다.

하지만 강진이 있는 곳은 이런 지하 미궁의 일반적인 통로
가 아니었다. 그는 외부인을 걸러내는 입마관의 함정에 걸려
등선관에 들었다.

입구에 등선지로라고 쓰여 있던 통로를 지나쳐 안쪽으로
들어가 보니 등마지로란 편액이 걸려 있었다. 등선관의 또 다
른 이름은 바로 등마관인 셈이다.

방에 들어서니 눈앞에 거대한 모래사장이 펼쳐졌다. 들어
온 문도 사라져 버려 갑자기 딴 세상으로 뚝 떨어진 듯한 느
낌이었다. 멀리서 파도 소리와 갈매기 우는 소리도 들렸다.

"기환진인가. 환상을 보게 하는군."

강진은 경거망동하지 않고 제자리에 서서 정신을 가다듬
어 외부의 유혹에 흔들리지 않게 주의했다.

"그러고 보니 내가 취약한 부분은 바로 이런 기환진에 대
한 것이었구나."

세상에 강진과 같은 고수의 감각을 현혹시킬 기환진이 얼

마나 있을는지는 몰라도, 일단 이렇게 걸리면 마땅히 풀어낼 재간이 없었다.

강진은 그걸 느끼고 한숨을 내쉬었다.

"또 전력으로 검을 쳐내어 진을 부숴볼까?"

전에 모산파의 기환진에 갇혔을 때에는 그렇게 해서 풀려났다. 이번에도 해볼 방법이 있다면 그것뿐일 터. 강진은 검을 뽑아 천천히 전신의 기를 모았다.

그런데 강진이 검을 뽑자 앞쪽의 모래사장 속에서 여덟이나 되는 귀신들이 부스스 일어났다. 그것들은 모두 거대한 귀두도를 들고 입에 세 치나 되는 날카로운 이빨을 가지고 있었는데, 몸에서 일어나는 살기가 만만치 않았다.

"이것들도 환각인가?"

환각이라고 해도 이런 살기를 뿜어낼 정도면 결코 무시할 수 없다. 강진은 호신강기를 일으켜 전신을 보호하는 한편 검에 실은 기운을 더욱 강하게 했다.

우우우우웅.

검으로부터 하얀 백광이 일어나 일 장이 넘는 강기의 기둥이 형성됐다. 두꺼운 성벽이라고 해도 단번에 부숴 버릴 수 있는 힘이 그 안에 담겨 있었다.

그러자 귀신들은 괴성을 지르며 귀두도를 높이 치켜들었다. 강진에게 지지 않겠다는 듯 귀두도가 붉게 변했다.

　강진은 선택을 해야 했다. 이 일검을 귀신들을 향해 쳐내야 할 것인가? 아니면 허공을 베어낼 것인가?

　귀신들은 강진이 검을 휘두르는 것을 기다리는 듯했다. 공격할 때 생기는 빈틈을 노리고 있는 것이다.

　그렇다면 상식적인 싸움 방식으로 볼 때 이 일검은 귀신들을 베는 데 쓰여야 한다. 그래야 귀신들이 쉽게 공격을 못하는 것이다.

　하지만 문제는 이 모든 것이 환각이라는 데에 있다.

　실상이 어떻게 돌아가는지 지금의 강진으로서는 알 수 없었다. 적어도 그의 목숨이 위험할 수도 있는 것만큼은 틀림없었다.

　머릿속 한구석에 찌릿한 느낌이 계속해서 들었다. 그것은 내공과는 또 다른 본능적인 위기 신호였다.

　잘못 공격하면 오히려 당할 수 있다. 어디를 벨 것인가?

　그러나 귀신들 이외에는 마땅히 벨 곳이 없는 것도 사실이다. 땅 아래를 향해 발출하든 하늘의 구름을 베든 결국 진은 강진의 강기를 흐트러뜨리게 되어 있는 터이다.

　"아니지. 한 가지 선택이 더 있었군."

　강진은 검을 거두었다. 베지 않으면 되는 것이다. 그토록 강했던 백광이 순식간에 씻은 듯이 사라졌다. 기의 발출이 그치고 다시 안으로 갈무리되니 티끌만큼의 기세도 강진의 몸에서 벗어나지 않았다.

부스스스.

귀신들이 다시 모래로 변해 바닥으로 사라졌다. 예상대로였다.

"저 귀신들은 나의 기운에 반응해서 나오는 것이군. 그렇다면 힘을 쓰는 것보다 안 쓰는 게 낫다. 시간이 없는 것은 아닐 테니 일단은 다른 방법을 강구하자."

강진은 마음에 여유를 가지기로 했다. 이 기환진은 무섭긴한데 조금 널널한 면이 있었다.

파도 치고 새가 우는 모래사장이라니!

벌거벗은 여인들이 군무를 추는 것도 아니고 방금 전처럼 귀신들이 입에서 피를 흘리며 덤벼드는 것도 아니다.

가만히 있으면 무척 평화롭고 안전하다.

강진은 아예 제자리에 털썩 주저앉아 가부좌를 틀었다. 이번에야말로 힘이 아닌 지혜로 이곳을 나가고 싶었다.

방법은 있었다. 강진은 품속에서 한 권의 책자를 꺼내 들며 씁쓸한 미소를 지었다.

"아무래도 모산파 장문인이 되어야 할 모양이군."

그가 꺼내 든 책은 바로 모산파의 비급인 술법총요였다. 지금까지는 모산파와 인연을 맺고 싶은 마음이 없어 이것을 자세히 보지 않았는데 이런 상황이니 어쩔 수 없었다.

강진은 먼저 전에 임시 무림맹 총단에서 자신이 갇혔던 역 만상다라라진의 해설 부분을 보았다.

전문 용어가 많아 알아볼 수 없는 구절이 거의 칠팔 할이나 되었지만 대충 효과가 어떤 식으로 나타나는지는 짐작할 수 는 있었다.

"이것과는 조금 다르군."

강진은 다시 책을 처음부터 집중해서 읽기 시작했다.

술법총요의 후반부에는 기초적인 설명 같은 것은 일절 없 고, 가장 고도의 술법과 기환진에 대한 설치법과 해설로 이루 어져 있었다.

하지만 강진이 마음먹고 정독을 하는 것이다. 그는 술법총 요의 내용을 암호책 해독하듯 추론에 추론을 거듭하여 전문 용어의 뜻을 파악해 나갔다.

결국 술법이든 기환진이든 자연의 이치에 따른 것. 무공으 로 극에 달한 강진에게는 이해 못할 내용이 오히려 많지 않았 다.

단지 용어가 생소할 뿐이었지만 그것도 이렇게 해독해 나 가니 나중에는 훨씬 수월하게 읽을 수 있었다. 그것이 제대로 된 해석인지는 장담할 수 없지만 적어도 이치에는 맞았다.

"혹시 이것과 비슷한 술법인가?"

강진은 술법총요의 가장 마지막에 나와 있는 기환술을 보았다.

　무한경요진(無限鏡妖陣).

　거울은 허상을 만들어내나 그것은 실상과 다르지 않음이라. 또 거울은 스스로 힘을 내지 못하나, 빛이 강하면 능히 강한 빛을 반사한다.

　무한경요진은 환술로 적을 가두고, 적의 힘으로 적을 치는 묘법이었다.

　이것은 전적으로 기를 형상화하여 발출할 수 있는 사람을 상대하기 위한 것이다.

　일단 진 안에 갇히면 그 사람이 발출한 강기의 힘이 진에 머물러 있던 힘을 자극하여 출수한 자에게 반격을 가한다.

　동시에 처음 발출된 강기는 진 안에 흡수되어 갇혀 버리니 진 자체의 힘의 손실은 없다.

　그리하여 한번 진이 설치되면 어떤 적이든 모두 막을 수 있고, 또 영겁에 가까운 시간 동안 그 효용을 잃지 않는 것이다.

　단지 무한경요진을 설치하기 위해서는 기를 가두기 위한 넓으면서도 밀폐된 공간이 필요하고, 또 진에 강대한 기운을 불어넣을 만한 사람이 있어야 한다.

　마지막으로 이러한 광대한 공간에 정교하면서도 어떠한

압력도 견딜 수 있는 여러 장치를 해야 하는데, 그러려면 상상도 할 수 없는 자금이 소모된다.

술법총요를 남긴 모산파의 삼절무녀도 결국 자금이 모자라 무한경요진을 실제로 시험해 보지는 못했다.

그래서 단지 이론으로만 이걸 적어놓았는데, 이게 실제로 효력을 발휘한다면 고대로부터 내려온 모든 기환진 중에서 가장 무서운 것이라고 평가했다.

"이곳이라면 무한경요진을 만들 수 있는 요건이 모두 있다."

보면 볼수록 이게 맞다는 느낌이 들었다. 문제는 이 책에도 무한경요진에 대한 파해법은 나와 있지 않다는 점이다.

책의 저자인 삼절무녀는 자신이라 해도 일단 이 진 안에 갇히면 나오기 어렵다고 써놓았다. 가장 좋은 방법은 안에 들어가기 전에 알아보고 피하는 건데, 이게 평야에 펼치는 진이 아니라서 미리 피하기도 어렵다는 것이다.

"그래서 나는 이미 들어와 갇힌 거고."

진에 갇혀서 방향 감각을 잃었고, 또 힘을 쓰면 그게 되돌아와 자신을 치는 형국이다.

"어쨌거나 아직 시간은 충분하다."

강진은 좌정을 한 채 명상에 잠겼다. 눈으로 사물을 보지 않고 기감으로 사방을 살폈다.

하지만 역시 느껴지는 것은 바닷가의 모래사장뿐, 그야말로 끝없는 모래사장과 바다의 파도뿐이었다.

밀폐된 곳이니 하늘로 몸을 날리면 천장에 닿을지 모른다는 생각은 일찌감치 포기했다.

모산파에서는 거꾸로 몸을 띄운 채로 싸웠다고 했다. 상하의 구분도 할 수 없는 상태란 뜻이다. 그나마 이렇게 앉아 있을 수 있는 것만 해도 그때보단 나았다.

"땅을 파볼까?"

강진은 모래사장을 보았다. 허공에 붕 뜬 상태가 아니고 땅에 발을 디디고 서 있으니 지하로 내려가면 무엇인가 나오지 않을까 하는 생각이 들었다.

"결국 다 허상이다! 어떤 행동을 해도 아무런 의미가 없는 것이다."

움직이면 안 된다. 기환진은 진에 빠진 자의 마음을 움직이게 해서 환상의 위력을 더한다.

강진은 마음을 비웠다. 이대로 굳어서 돌이 될지라도 대책 없이 움직이지는 않으리라 결심했다.

"공심, 그렇지! 내가 할 수 있는 게 또 하나 있구나."

사람은 속여도 돌은 속일 수 없다. 왜냐하면 돌은 느낄 수 없기 때문이다.

강진은 일체의 감각을 끊기로 했다.

일단 눈을 감고 귀를 막으니 시원한 바람이 뺨과 등에 느껴졌다. 또한 바다 내음이 코로 들어왔다.

다시 전신에 호신강기를 둘러 촉각과 후각마저 봉쇄를 하니 이제는 땅에 앉아 있다는 생각이 들었다.

강진은 좌정한 채 몸을 허공으로 띄웠다. 그렇게 하니 비로소 자신이 어디 있는지, 혹은 어떤 상태인지 스스로도 알기 어렵게 되었다.

깊은 바닷속에 빠진 사람은 위와 아래도 구분하기 어렵다고 한다. 지금 강진의 상태가 그랬다.

그렇게 시간을 보내니 살살 잠이 왔다. 그래서 강진은 허공에 몸을 띄운 채 바람이 부는 대로 흘러가며 잠을 잤다.

다시 깨어났을 무렵에는 시간이 얼마나 지났는지도 알 수 없게 되었다.

그때서야 강진은 또 한 가지를 깨달았다.

"돌은 현혹되지 않지만, 스스로 진에서 나오지도 않는구나."

모든 게 헛짓이었다. 이대로 가면 말라비틀어져 죽을 때까지 진 안에서 둥둥 떠다니게 될 것이다.

하지만 그럼에도 불구하고 강진은 이 상태가 싫지 않았다.

그냥 이대로 움직이지도 않고 생각도 하지 않은 채 모든 것을 잊고 싶었다. 그래서 그렇게 했다.

소림의 신승 공견 대사는 정종무공의 극치는 비우는 것이
라고 말했다. 강진은 부동심결의 뜻을 받아들여 그가 익힌 모
든 무공의 체계를 세울 수 있었다.

그럼으로써 강진은 다시 바른길로 나아갈 준비가 되었는
데, 지금 위험에 부딪쳐 망아의 경지에 이르니 스스로도 모르
는 사이에 무공이 더 높은 경지에 오르게 되었다.

움직이면 당하는 기환술은 부동의 수련 도구나 마찬가지
라 할 수 있다. 결국 마선의 선조가 침입자를 제거하기 위해
총력을 기울여 만든 진은 강진에겐 더없는 보물이 되었다.

부스스스.

모래사장이 흔들리더니 귀신들이 다시 일어났다. 그들은
더 이상 싸우려 하지 않고 강진이 허공에 둥둥 떠다니는 것을
지켜보기만 했다.

끼이이이이!

갑자기 귀신들 중 하나가 비명을 지르며 일그러졌다. 그리
고는 허공으로 붕 떠올라 강진을 향해 날아왔다.

귀신의 일그러진 형상은 더욱 심해져 강진에게 닿을 무렵
에는 거의 형체가 없는 묘한 색깔을 한 덩어리가 되었다. 그
것은 그대로 강진의 몸속으로 스며들어 버렸다.

조금 있으니 다시 한 마리의 귀신이 강진의 몸에 들어갔다.
그렇게 하나둘씩 모두 강진에게 흡수되니 모래사장엔 더 이

상 귀신이 남아 있지 않았다.

이번에는 모래사장 전체가 떠올라 돌개바람을 일으켜 강진을 감쌌다. 하지만 강진은 옷자락 하나 휘날리지 않았고, 돌개바람은 끝에서부터 모두 강진에게 흡수되었다.

그런 식으로 바다와 하늘의 구름마저 모두 강진 속으로 들어가니 더 이상 기환진이 남아나질 못하고 붕괴되어 버렸다.

거대한 공동 가운데에 강진이 둥둥 떠 있었다.

한쪽에는 강진이 처음 들어왔던 문이 있었고, 반대편에는 또 다른 문이 보였다.

벽에 새겨져 있는 문양들은 미세한 균열로 점점 부스러져 대패로 나무껍질을 긁어낸 것처럼 모두 바닥에 떨어져 버렸다.

강진은 눈을 떴다. 오감을 모두 막은 그였지만 진이 파해되었다는 것을 본능적으로 알았다.

"그런가. 마음을 비운다는 것이 몸까지 비웠구나."

거울은 어떤 상이든 만들어내지만 비움까지는 비추지 못했다. 강진이 몸 안의 기운을 비우자 외부에 가득 차 있던 기환진의 기운이 결국 버티지 못하고 강진의 몸속으로 빨려 들어온 것이다.

순식간에 믿을 수 없을 정도의 기운이 불어났다. 완전히 공짜 내공인 셈이다.

　강진은 마선도의 선조에게 감사의 묵념을 하고는 눈앞에 보이는 문으로 나갔다.

＊　　　＊　　　＊

　적포천존은 술을 담그는 데 성공했다. 과거 강진과 함께 십 년간 생활할 때 강진이 술을 담가 사부와 양부를 봉양한 바 있었는데, 그때 적포천존도 몇 가지 봐둔 것이 있었다.

　원래 낭인 무사 생활을 할 때에도 막술을 담가 마시기는 했지만 강진에게서 제대로 된 각종 술 제조법을 익힌 셈이다.

　몇 가지 약초를 넣어 담근 술은 적포천존이 보기에도 그럴듯한 향기가 났다. 급하게 담근 술이니 크게 맛을 기대할 수는 없겠지만 없는 것보다는 나았다.

　"한잔 따라봐라."

　적포천존이 잔을 내밀자 옆에 앉은 마인 중 하나가 술병을 들어 잔을 채웠다.

　삼층에서 수련하던 마인들 중 살아남은 자는 모두 일곱인데, 그들은 적포천존에게 무공을 금제당하고 하인이 되었다.

　그들이 다시 무공을 쓸 수 있을지 없을지는 모두 적포천존에게 달렸다.

　말로는 마기에서 벗어나 갱생할 때까지 금제를 하겠다고

하지만 사실상 부려먹기 위해 수작을 부린 것임을 굳이 말 안 해도 알 수 있었다.

"캬, 이 맛이구나!"

예상보다 맛이 좋았다. 아무래도 물이 좋아서 술맛도 좋은 것 같다.

그때 안쪽 석실에서 그그궁 하는 소리가 났다.

"응? 드디어 나왔냐!"

적포천존의 움직임은 이미 이형환위의 경지에 달해 있기에 앉아 있던 자세의 잔형이 그대로 남아 있는데도 석실 안으로 뛰어들어 갔다.

과연 석실의 기관이 움직여 바닥이 열리고, 안쪽 계단으로부터 한 사람이 걸어나오고 있었다.

"뭐야, 잔챙이 아냐? 쿵."

적포천존이 보니 나온 사람은 삼선도 강진도 아니었다. 그저 이층에서 수련 끝에 관문을 통과하여 삼층으로 올라온 새로운 마인인 것 같았다.

"찌그러져라."

펑!

"커어억!"

새로운 마인은 각골의 노력 끝에 이제 새로운 단계로 접어들었다고 좋아하고 있었지만, 몸이 채 문에서 절반도 나오기 전에 좌절을 맛보아야만 했다.

의식을 잃은 신입 마인이 깨어났을 때에는 이미 무공은 금제당하고, 선배 마인들이 들려주는 상황 설명에 멍하니 눈앞에 닥친 고생을 받아들여야 했다.

그러나 마인들이 아무런 생각도 없고, 또 개미 눈곱만큼도 기개가 없어서 적포천존에게 굽힌 채 지낸 것은 아니다. 그들에게는 나름대로의 꿍꿍이가 있었다.

지금이야말로 진실을 말할 때다. 마인들은 저마다 숨을 죽여 적포천존의 눈치를 살피고 있었다.

머리 나쁜 놈은 부려먹기도 귀찮다는 게 적포천존의 지론이다. 그나마 개중 나은 놈을 골라 눈치껏 다른 놈들을 부리게 하는 게 조금이라도 편하다.

있는 음식 없는 음식 끌어 모아 차린 주안상 옆에는 바로 그 조금 나은 놈인 모용수가 앉아 있었다. 그는 마인들 중에서도 눈치가 빠른 편이라 다른 이들이 열 대 맞을 때 한 대 덜 맞을 수 있었다.

이 때문에 살아남은 마인들 중 대표 격이 된 그는 제법 공손한 자세로 꿇어앉아 술을 따르며 조심스럽게 입을 열었다.

"천존 어르신, 어르신께서 이곳에 오신 지 이미 일주일이 지났습니다."

"그렇지. 그런데 왜 제자도 삼선도 안 나오는 거냐?"

적포천존은 심심했다. 이런 유배지 같은 섬은 하루라도 빨리 떠나고 싶었다.

앞으로 열흘만 더 기다려 보고 그래도 안 나오면 어쩔 수 없이 직접 땅굴을 뒤져야겠다고 생각했다.

그런데 모용수가 다시 말했다.

"이제 슬슬 마선이 되는 시험을 보셔야 하지 않겠습니까? 천존께서 평생 이 섬에 갇혀 사실 것도 아니니, 아무래도 빠른 게 좋을 듯싶습니다."

"잉? 내가 왜 여기 갇혀 살아?"

"그야 이 섬의 물을 삼 일 이상 마시면 마선이 되기 전에는 섬에서 나갈 수 없기 때문이지요."

"뭐라고!"

적포천존은 벌떡 일어나 모용수를 보았다. 그의 표정을 보건대 아무래도 거짓을 말하는 것 같지는 않았다.

'그렇지. 이곳의 구조가 특이하긴 해도 해적왕 같은 놈이 섬을 나가려고 한다면 못 나갈 것은 없다. 그런데 세 놈이나 목을 매고 관문을 통과하려 하는 데에는 틀림없이 이유가 있겠구나.'

속았다! 적포천존은 이들이 지난 며칠 동안 그토록 고분고분하면서도 이상하게 좌절을 하지 않고 눈에 기회를 엿보는 빛이 떠나지 않았음을 알고 있었다.

그게 이런 이유 때문이었나 하는 생각이 들자 결코 태연할 수 없었다.

"단순한 독이 아니로군?"

"그렇지요. 저희도 왜 그런지는 모릅니다. 물에 저주가 씌어 있다는 선조의 말이 있을 뿐입니다."

"쿵. 그 말이 사실이라면 나도 이젠 평생 섬의 물만을 마시며 살아야 하는 거구나?"

"마선이 되시면 저주를 벗어나는 방법을 알게 된다고 합니다."

모용수를 비롯한 마인들의 목표는 어디까지나 적포천존을 마선으로 만드는 것이었다.

그들은 어떤 고수라도 출마관을 통과하려면 마선이 되는 수밖에 없다고 믿었다.

일단 마선이 되면 그야말로 뼛속은 물론이고 영혼 한 조각까지 마선도의 소속이 되는 셈이라, 마인인 그들의 금제도 풀어줄 것이 분명하다.

죽어도 상관없다. 적포천존만 마선으로 만들 수 있다면 선업을 이루는 데 어느 정도 동참한 셈이니 그들의 삶의 목표가 태반은 채워지는 셈이다.

"이런 제기랄 놈들! 일부러 그런 걸 숨기다니."

뻑!

적포천존의 분노의 주먹이 모용수의 코를 뭉갰다. 하지만 손에 내력을 주입하지는 않았다.

사기 친 놈을 살려줄 필요는 없지만 무공을 금제당한 놈을 죽이는 건 별로 좋아하는 행위가 아니었다.

쓰러진 모용수를 밟고 일어난 적포천존은 석실 위로 올라가 가부좌를 틀고 몸 안을 관조했다. 혹시라도 이상이 있는지 정성 들여 세심하게 살폈다.

그러나 어떤 징후도 없었다. 확실히 독은 아니다. 그의 몸은 완전 정상으로 보였다.

"이놈들이 목숨 걸고 생구라를 친 거 아니면 정말 저주받은 물이란 소린데……."

결국은 확인해 보는 수밖에 없다. 모용수의 말에 의하면 삼 일 동안 섬의 물을 마시지 않으면 점점 내공이 흩어진다고 했다. 근력도 빠져 칠 일이 넘으면 손가락 하나 까닥할 힘도 남아 있지 않게 되는데, 그러면 곧 죽는다는 것이다.

사인은 주로 질식사. 숨을 쉴 기력마저 사라지면 사람은 살 수가 없다.

"일단 삼 일만 물 안 마시고 참아보자."

적포천존은 삼 일이 아니라 한 달 동안 아무것도 먹지 않아도 버틸 수 있다. 입이 심심해서 그렇지 죽을 염려는 없으니 시험 삼아 삼 일을 버티기로 했다.

물뿐만 아니라 다른 음식도 먹어선 안 되었다. 음식엔 물이 들어가게 마련이니 제대로 된 시험이 될 수 없다.

그렇게 적포천존은 좌정을 한 채 삼 일 동안 있었다.

아래에 있는 마인들은 조마조마한 심정으로 적포천존이 비틀거리며 일어나길 기다렸다. 만약 적포천존이 홧김에 그들을 모두 죽여도 어쩔 수 없다고 생각했다.

삼 일은 긴 시간이 아니다. 해가 세 번 뜨고 지니 후딱 지나가 버렸다.

마침내 적포천존은 자리에서 일어났다.

"이 거지 같은 놈의 시끼들! 아무 이상 없잖아!"

적포천존은 억울했다. 이놈들의 생구라에 속에 삼 일이나 먹을 것도 못 먹고 혹시나 하는 불안감에 시달린 걸 생각하니 화가 나도 이만저만 난 게 아니다.

영문을 알 수 없는 마인들은 경악한 눈으로 이럴 리가 없는 데, 하고 중얼거렸다.

적포천존은 석실 위에 이름 그대로 천신처럼 버티고 서서 아래에 있는 마인들에게 외쳤다. 그의 전신으로부터 무서운 기운이 줄기줄기 뻗어 나와 보는 사람의 심장을 얼어붙게 만들었다.

"그래, 네놈들이 대담하다는 건 내 인정한다. 이런 상황에서도 나를 물 먹일 수 있다니 확실히 네놈들은 보통 사람이

아니라 마인이라 할 만하다. 어쨌든 각오는 되어 있겠지? 내
네놈들의 무모한 반항심을 생각해서 차근차근 확실하게 밟아
주겠다.”

모용수가 가까스로 대답했다.

“아, 아닙니다. 제가 말한 건 틀림이 없는…… 컥.”

모용수의 삼 일 전 부러진 코가 다시 납작해졌다. 귀신같은
격공장의 힘 조절로 코뼈만 딱 부러뜨리고 얼굴을 부수진 않
았다.

“죽었다고 복창해라. 네놈들에게 무공의 기초부터 다시 시
작하는 기쁨을 누리게 해주마.”

그날부터 무공을 금제당한 마인들은 하루 종일 바닥을 기
고 굴러야 했다.

적포천존은 그들에게 강호에서도 가장 널리 알려져 이제
는 약장수도 쓰길 부끄러워하는 삼재검법과 육합권의 동작을
만 번씩 반복하게 했다.

원래 열흘을 기다렸다가 출마관으로 들려고 했던 적포천
존의 계획은 살짝 바뀌어, 마인들이 모두 지쳐서 쓰러져 피를
토한 후에 들어가기로 했다.

삼 일 동안이나 속아서 굶었다는 것은 적포천존 일생에 얼
마 없는 굴욕이라 할 수 있었다.

*   *   *

새로운 석실로 들어간 강진은 살아 있는 사람을 보았다.

"그대는 누구인가?"

상대는 좌정을 한 채 눈도 뜨지 않고 물었다. 모습을 보니 허연 눈썹이 세 치나 늘어져 있고, 수염 또한 바닥에 닿을 정도로 긴 것이 영락없이 이야기책에 나오는 선인의 모습이었다.

그러나 그의 몸 주변에 은은히 흐르는 마기를 강진은 느낄 수 있었다.

"본인은 강진이라고 하오. 그대는 마선이오?"

"허, 섬의 사람이 아니로군. 중원에서 온 것인가?"

"그렇소."

"그렇다면 왕진은 죽었겠군. 그의 제자가 죽었는데 돌아오지 않아 이상하다 생각했었지."

"선인께서는 앉아서도 만 리를 보는구려. 어떻게 왕진과 그 제자가 죽었음을 알 수 있는 거요?"

"이 섬에서 기르는 하나의 고독이 있다. 그 고독은 자웅이 서로 한 쌍인데, 그걸 두 사람의 몸속에 제각기 심으면 두 사람은 서로의 죽음을 알 수 있다. 뿐만 아니라 마음만 먹으면 서로를 죽일 수도 있지. 이 섬을 나가는 자는 항상 제자를 동반하게 되어 있고, 제자와 함께 고독을 먹어야 한다. 제자는 스승이 하는 일을 모두 기록해 차후에 섬으로 돌아와 그걸 보고해야 하는 것이다."

"그런 비밀이 있었군."

"그리고 제자 된 자는 동시에 다른 고독을 먹게 되는데, 그 고독의 상대는 섬에 남아 있는 자이다. 그럼으로써 제자가 죽으면 섬에서도 알 수 있지."

"제자가 죽으면 스승인 마선에겐 어떤 금제가 있소?"

"모든 일에 앞서 섬으로 돌아와 새로운 제자를 맞이해야 한다. 그것은 가장 중요한 규칙 중 하나이다."

"그래서 해적왕이 행동을 멈추고 이곳으로 돌아오려 했었군."

이제야 모든 것을 이해할 수 있게 된 강진이었다. 황궁에서 죽인 자가 바로 해적왕의 제자였던 모양이다.

그리고 강진은 마선도로 돌아오려던 해적왕을 죽이고 대신 온 것이다.

마선은 다시 물었다.

"그런데 지금 그대는 무한경요진에서 스스로 벗어나왔나?"

"그렇소."

"흐음, 어떻게 그럴 수 있었는지 모르겠지만 그렇다면 난 자네를 죽여야 하네."

"죽일 수 없을 거요."

"그럴지도 모르지. 하지만 안 그럴 수도 있지."

말이 끝나자 선인의 눈동자가 사라지고 그의 머리 위에서 검은색의 강기로 된 꽃이 활짝 피었다.

두 개의 꽃은 서로 마주 보는 형태였는데 크기와 빛깔로 보아 해적왕 왕진보다는 약간 떨어져 보였다.

그런데 마선이 무공을 일으키니 옆에 있던 석실로부터도 사람의 목소리가 들려왔다.

"무슨 일이지? 어! 외부인이 들어왔군. 크르릉."

키가 보통 사람의 반 만하고, 또 허리도 굽어 거의 네 발로 땅을 기어다니는 듯한 모습의 사내가 강진을 보고 묘한 웃음을 지었다.

놀랍게도 웃으면서 드러나는 그자의 치아는 맹수처럼 뾰족했다.

"크르르릉!"

단신의 사내가 손을 바닥에 짚고 맹수처럼 이를 갈았다. 그의 눈동자도 사라져 버리고 마기만이 공간을 가득 메웠다.

강진은 검을 뽑았다. 두 사람의 강적을 맞서 싸움에 있어 결코 방심할 수 없었다.

그런데 그때 위쪽으로부터 또 한 사람의 목소리가 들려

왔다.

"그만둬. 그만두라고. 여기서 다같이 싸우면 어쩌자는 거야? 무너져, 무너진다고. 깨끗하게 파묻혀 죽고 싶은 건가?"

목소리가 노랫소리처럼 일정한 가락을 이루니 듣기만 해도 묘한 기분이 된다.

살기가 점점 가라앉고, 마기도 각자의 몸속으로 갈무리되었다.

"지주요선, 왜 말리는 거지?"

처음 만났던 선인이 천장을 올려다보며 물었다.

"그야 독심선이 대업을 보지 못하고 사욕을 채우려 하기 때문이지."

"뭐야? 그럼 안 싸우는 게 옳은 거야?"

수인과 같은 자도 천장을 보며 물었다.

"응, 그러니 수왕선도 멈춰."

"칫, 좋다 말았군."

수왕선은 자리에서 일어나 사람처럼 두 다리로 섰다. 그래도 워낙 어깨와 허리가 굽어 성성이처럼 두 팔이 거의 땅에 닿을 지경이었다.

"내려오라고, 지주요선. 내려와."

수왕선이 재촉하자 웃음소리가 한차례 들리더니 천장을 뚫고 여인 하나가 하강하듯 내려왔다.

목소리는 남녀를 구분할 수 없어서 긴가민가했는데 복장을 보니 여인 같았다. 그런데 막상 또 얼굴을 보니 남자였다.

화장을 진하게 했어도 튀어나온 목젖과 광대뼈를 숨길 수는 없었다.

'음양인인가.'

남자로 태어났는데 마음은 여인인 사람을 음양인이라고 한다. 혹은 몸에 남성과 여성이 같이 존재하는 사람도 그렇게 칭한다.

강진이 보기에 지주요선이라는 자는 음양인인 것 같았다.

지주요선, 독심선, 수왕선. 이 세 명이 해적왕이 말한 그들인 것 같았다. 마기를 발하지 않아도 피부가 저릿저릿할 정도의 압력이 자연스럽게 전해졌다.

세 명, 해적왕만 한 무공을 지닌 세 명. 그들이 모여 있으니 아무리 강진이라고 해도 감당할 자신이 없었다.

그는 일찍이 사부인 적포천존으로부터 쓸데없는 자존심이나 자만심에 빠지지 말고 항상 냉정하게 상대의 힘을 가늠하라고 배웠다.

순간적이면서도 냉정한 판단 끝에 둘이라면 몰라도 셋은 힘들다는 결론이 나왔다. 마음이 이미 결론을 내렸으니 실전에서는 더욱 어려울 것이다.

세 명의 마선도 그렇게 생각하는지 말투와 행동에 여유가 있었다. 그들은 일단 서로의 의견을 통합하기 위해 토론을 하고 있었다.

"침입자가 무한경요진에서 마를 받아들이지 않고 나온다는 얘기는 없었다. 그러니 빨리 제거해야 한다."

"독심선의 말도 틀린 것은 아니야. 하지만 출관자를 죽인 자가 입도했을 때에는 만사에 우선하여 출마관으로 인도하는 것이 우리 마선 된 자의 사명 아니겠어? 내가 보기에 지금 독심선은 질투를 하고 있는 거야."

"그런 말을 지주요선이 아닌 다른 자가 했다면 내 사생결단을 냈을 것이다."

"그래서 싸워야 한다는 거야? 아니면 말아야 한다는 거야. 그것부터 결정하자."

"그게 결정이 안 나서 상의를 하는 거야, 수왕선."

"크릉, 그럼 그냥 때려죽이자. 난 싸우는 게 좋아."

"수왕선, 그렇게 머리를 안 쓰려 하면 평생 출마관을 통과할 수 없어. 무공이라면 왕진보다도 한 수 위인 네가 왜 지금까지 이곳에 남아 있어야 하는지 모르겠어?"

"크르르릉, 다 때려죽이면 되는데 왜 머리를 쓰라는 건지 모르겠다."

들고 있던 강진은 문득 수왕선의 성격이 사부인 적포천존과 비슷하다는 생각에 피식 하고 웃었다.

그러는 사이 마선들은 결국 지주요선의 주장에 따르기로 결론을 내렸다. 아무래도 그들 사이에서 가장 영향력있게 일을 주관하는 자는 지주요선인 듯했다.

단지 나서서 말을 하는 것이 독심선이다. 수왕선은 이래도 좋고 저래도 좋은 듯했다.

"좋아. 규칙은 규칙이니 저자에게 먼저 기회를 주지."

독심선이 선언을 하고 고개를 돌려 강진을 보았다.

"원래 출마관을 통과한 자가 둘이라고 해도 섬을 나갈 수 있는 자격은 단 한 명에게만 주어진다. 다른 자는 저주에서 벗어나고 명예를 얻게 될 뿐 마선도를 떠나지는 않기로 되어 있지. 내 그대가 우선권을 얻은 것에 질투를 느낀 것을 인정한다. 먼저 출마관에 들어라. 우리는 밖에서 기다리겠다."

"흠, 그럼 그대들은 섬에서 나가지 않아도 된다는 것이오?"

"그게 규칙이다. 왕진이 뜻을 이루지 못하고 죽었으니 또 한 사람이 나갈 수 있는데, 외부에서 사람이 오면 그자가 가장 먼저 권한을 가진다. 만약 그대가 출마관 통과를 실패하면 그때 우리 셋이 경쟁을 하게 될 것이다."

강진은 독심선의 말에 잠시 상황 판단을 위한 생각에 잠겼다.

아무래도 이들은 강진이 물을 마셔 저주에 걸린 상태라 생각하는 것 같았다. 그러니까 반쯤은 동료인 셈이다.

단지 무한경요진에 의해 마기에 물들어야 하는데 그렇지 않았기 때문에 문제가 생긴 것이다.

어쨌든 간에 선택은 둘 중 하나이다. 먼저 이들과 싸울 것인가? 아니면 일단 출마관에 들 것인가.

"알겠소. 그럼 본인이 먼저 이곳의 관문을 시험해 볼 터이니 이후에 다시 이야기해 봅시다."

"마음대로 해라. 어차피 출마관을 통과하면 세상에 나갈 자격은 그대가 가지게 되는 것이고, 통과 못하면 평생 이곳에서 살면 되는 거니까."

독심선은 손을 들어 한쪽에 있는 원형의 돌기둥을 가리켰다.

그그그긍.

기둥의 가장 아래쪽이 반쯤 밀려들어 가더니 아래로 내려가는 계단이 나왔다. 안쪽에 보이는 문에는 출마관이란 편액이 걸려 있었다.

"혼자 들어가도 되고 여럿이 들어가도 되지만 우리는 여기서 기다리겠다. 들어가라."

"사양하지 않겠소."

강진은 성큼성큼 걸어서 출마관으로 들어갔다. 강진이 들어가자 독심선은 다시 손을 휘저어 격공장으로 기둥의 기관을 조종했다.

돌이 움직이는 소리와 함께 기둥은 원래대로 돌아갔다.

그러자 지주요선이 웃으며 말했다.

"정말 예언처럼 저자가 출마관을 통과할까? 선조께서는 외부인이 출마관에 들어 시험에 통과하면 극마를 넘어 초마의 경지에 이른다고 하셨다."

"그렇게만 된다면 우리 마선들은 또 하나의 위업을 세우는 게 되겠지. 초마의 경지에 도달한 자라면 틀림없이 중원 전체를 뒤집을 수 있을 테니까."

수왕선이 손으로 목을 긁으며 말했다.

"만약 통과 못하고 그냥 나온다면?"

"그럼 죽여야지. 저자는 지금 제정신이거든. 스스로 광기에 빠지지 않은 자는 이곳에서 살아갈 자격이 없잖아."

"맞는 소리야. 그럼 난 오늘부터 손톱과 이빨을 날카롭게 갈아놔야겠군."

"나도 거미줄을 많이 만들어놓아야지. 그나저나 정말 놀랐어. 저렇게 강한 자가 있다니 말이야. 나이도 젊어 보이는데."

"크크크, 지주요선의 말은 틀림이 없지. 아무리 저놈이 강해도 출마관에서 시달리다 나오면 힘의 소모가 클 터이고, 그 사이 우리는 충분히 싸울 준비를 할 수 있으니 이미 승부는 난 것이지.”

암묵적인 합의라는 게 있다. 삼선과 강진은 지금 싸우면 서로 위험하다는 것을 알고 싸움을 뒤로 미룬 것이다. 독심선의 말에 지주요선은 정색을 하고 말했다.

“자만하지는 마. 그리고 무엇보다 중요한 건 여기가 무너지지 않게 얌전히 싸우는 거야. 특히 독심선! 그대가 제일 위험하다고.”

“여기가 무너지지 않게 하는 것은 전적으로 지주요선의 거미줄에 달린 거 아니겠어? 사방에 거미줄을 확실하게 치라고. 내가 발악을 해도 괜찮게 말이야.”

“호호호호, 하기야 내가 있는데 이곳이 무너질 리는 없지. 아무튼 그날을 기대하자고. 초마가 나오는지 아니면 먹잇감이 나오는지는 미리 알 수 없으니까.”

“난 초마보단 먹잇감이 나오길 원해. 크르르룽.”

이야기를 하는 삼선의 눈동자가 점점 흐려져 흰자만 남았다. 그들은 강진이 들어가자마자 마음껏 광기를 폭주시켜 자신들의 세계에 빠져들고 있었다.

第六章　팔한지옥(八恨地獄)

赤布龍王

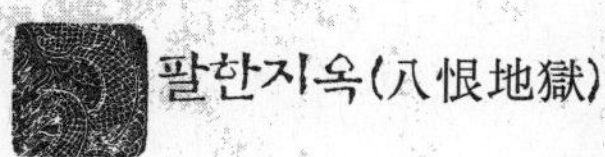

팔한지옥(八恨地獄)

지옥은 땅속에 있는 것이 아니라 사람의 마음 속에 있다.

땅속에 있는 지옥이 구층이라고 하면 사람의 마음속에 있는 지옥은 여덟 개의 구간으로 나뉜다.

그걸 팔한이라고 하는데, 신기하게도 구층 지옥의 구조나 안에서 받는 죄의 대가에 대한 이야기는 세상에 퍼졌는데 팔한지옥에 대한 내용은 조금도 알려지지 않았다.

그렇기 때문에 사후 세계에 관심을 가진 사람은 구층 지옥보다 팔한지옥을 더욱 두려워한다.

이제 그대는 팔한지옥을 경험하게 될 것이다.

문을 들어가자마자 앞을 가로막은 벽에는 이런 문구가 새겨져 있었다.

강진은 내용을 다 보고는 고개를 갸웃했다.

"그러니까 팔한지옥이 여기 있다는 건가? 아니면 내 마음 속에 있다는 것인가."

글을 참 애매하게 써놓았다고 생각하면서 좌우를 보았다. 길은 둘로 갈라져 양옆으로 이어져 있었는데, 그중 하나를 골라서 가야 했다.

일단 강진은 좌측을 택했다. 그런데 조금 가다 보니 통로가 우측으로 두 번 꺾여 있어 글이 써져 있던 벽 뒤쪽으로 오게 되었다.

정면으로 이어진 통로는 아무래도 아까 갈림길에서 우측 으로 왔을 때에 오게 될 것 같았고, 좌측에 뚫린 통로가 나아가는 길 같았다.

그곳의 벽에도 역시 글귀가 새겨져 있었다.

죽음은 가장 편한 것이다. 자신의 마음으로부터는 도망을 갈 수 없으니 스스로 마가 되거나 정신을 빼앗기게 될 것이다.

"그러니까 말만 하지 말고 제대로 시작해 보았으면 좋겠
군."

강진은 이제 와서 괜히 분위기를 잡는 글귀에 오히려 하품
이 나올 지경이었다. 하지만 그는 이곳 출마관을 무시할 생각
은 없었다.

방금 전 만난 삼선도 몇 번이나 도전했다가 실패한 곳이 바
로 출마관 아니겠는가?

무공만으로는 안 되고, 지모와 심계, 그리고 광기마저 모두
시험하는 곳이라고 했다.

통로 끝은 또 다른 대전이었다. 그곳의 중앙에는 높이가 십
장은 되어 보이는 마신의 상이 있었는데 마신의 손으로부터
불꽃이 나와 활활 타오르는 중이었다.

천장이 원형으로 되어 있고 바닥 역시 마신이 있는 곳이 가
장 낮게 되어 있어 전체적으로 거의 구형에 가까운 대전임을
알 수 있었다.

강진은 또 다른 특이한 것이나 출구가 있나를 살피며 서서
히 대전 중앙으로 나아갔다.

그때 마신상이 눈을 뜨며 강진을 보았다. 마신상의 눈에서
일어나는 불똥은 파란색으로 뜨겁기보다는 얼음보다 차가운
느낌이 들었다.

―누구냐?

"동상이 말을 하다니, 또 기환진에 빠진 것인가?"

─웃기지 마라. 네놈은 지옥에 들어왔다.

"대화를 할 수 있는 기환진은 또 처음 보는군."

술법총요에는 그런 기환진이 없었다. 그렇다면 이건 잊혀진 기술인가? 강진은 호기심 어린 눈으로 마신상을 보았다.

─재미있는 놈이군. 나를 부정하다니? 내 네놈에게 진짜 환상을 보여주마.

마신은 화가 난 듯 눈에서 더욱 커다란 불똥을 튕겼다. 그러자 강진의 눈앞이 캄캄하게 변하며 곧 그가 서 있는 장소의 주변 환경이 바뀌었다.

어디선가 마신상이 목소리가 들려왔다.

─너는 죽음을 봐야 한다. 죽음을 받아들이고, 그것이 아무런 의미도 없음을 깨달아라!

친절한 설명과 함께 나타나는 환상은 바로 수없이 많은 사람의 죽음이었다.

전쟁터 한가운데에서 수천 명에 이르는 병사들이 창을 앞으로 겨누고 달려갔다. 그들은 바로 앞에 적의 창이 있음에도 불구하고 뒷사람에게 밀려 스스로 창끝에 몸을 던졌다. 그렇게 병사들은 서로를 죽이고 죽었다.

─피를 흘리며 죽는 것은 비교적 편안하다. 괴로운 것은 그쪽이 아니다.

다음으로 보이는 것은 역병에 걸려 사람들이 쓰러져 신음 하는 마을이었다. 마을 하나가 죽음에 뒤덮여 있었는데, 움직 일 기력이 없는 사람들은 병도 병이지만 먹을 것이 없어 굶주 리고 있었다.

괴로움을 조금이라도 해소할 방법은 바로 신음성을 내는 것뿐, 그들은 그야말로 빨리 죽기를 신불에게 기원하고 있었 다.

강진의 안색이 굳었다. 그는 난민 출신이라 굶주림이 얼마 나 무서운 것인지를 잘 안다.

확실히 마신상의 말처럼 피를 흘리고 바로 죽는 것은 편안 한 죽음이다.

—가장 무서운 것은 죽지 않는 것이다. 그중에서도 우리 마 선들에 의해 정신이 제압당한 자들은 평생 죽을 수도 없는 공 포에 빠져 살아야 한다. 그들은 죽음에 이르러서야 비로소 편 안함을 느낀다.

비명 소리가 들려왔다. 사람의 눈에 공포가 가득 차 있었 다. 곧 그 눈은 차분히 가라앉고 태연하게 행동을 하게 된다.

그러나 비명 소리는 여전히 들려온다. 공포가 사라진 게 아 니라 깊이 파고들어 겉으로 보이지 않게 된 것이다. 그렇게 사람의 마음속에 파고든 공포는 점점 뿌리를 내리며 커져간 다.

"신기하군. 사람의 마음속까지 느낄 수 있는 환상이라니? 오히려 새로운 감각을 일깨워 주는 기연과도 같군."

강진은 미소를 지었다.

이런 식의 자극은 그의 마음을 흔들 수 없다. 환상은 어디까지나 환상일 뿐, 이 정도라면 오히려 무한경요진이 훨씬 무섭다고 할 수 있었다.

그런데 마신상은 강진의 마음속을 읽은 듯 크게 웃으며 말했다.

—흔들리지 않는 것이 아니다. 너무 미세하게 흔들려 느끼지 못하는 것일 뿐, 계속 흔들리다 보면 진동이 점점 커져 마침내 무너지게 되지. 버텨봐라. 크하하하하하.

"가랑비에 옷 젖는다는 소린가? 버티려 하면 오히려 더욱 버티기 어려운 법이지. 그런데 마음을 흔드는 데 주력하면 물리적인 힘에는 어떤 대응을 할 거지?"

순간 강진은 검을 뽑아 앞쪽으로 강기를 발출했다. 하얀 백광이 초승달과 같은 모양으로 앞으로 쏘아져 나갔다.

촤악 하는 소리와 함께 공간이 갈라지며 뒤로 마신상의 모습이 드러났다. 하지만 그것으로 끝이었다. 강기는 사라지고 환상의 공간도 다시 닫혔다.

—소용없다. 네놈이 말하지 않았나? 나는 환상이다. 강기로 환상을 벨 수는 없는 것이다. 크하하하하.

"이런, 제대로 지적당했군."

강진은 혀를 찼다. 환상에게 놀림을 당할 줄은 몰랐다.

마신상은 다시 말했다.

—내가 누군지 알려주지. 난 바로 너다. 사람의 마음속엔 여러 개의 숨은 인격이 있지. 그중 가장 사악한 인격을 끌어내는 것이 바로 이 출마관의 팔한지옥이란 것이다.

"나의 숨은 인격이라고?"

—그렇다. 넌 지금 혼자 질문하고 다시 대답하고 있는데 그게 보다 보면 참으로 웃기는군. 마치 미친놈 같다.

"이런!"

강진은 망했다고 생각하며 고개를 절레절레 저었다.

이런 식의 기환진이 있을 줄은 몰랐다. 과연 이게 기환진인지도 알 수가 없었다. 어쩌면 정말 신선술인지도 모른다.

마신상이 의기양양한 목소리로 말했다.

—난 너를 죽일 수 있다. 그러나 넌 나를 죽일 수 없지. 이곳에서 넌 원래의 네가 아닌 내가 되어 나가야 한다. 바로 마선이 되는 것이지. 크하하하하하하.

"너를 죽일 수 없다고?"

—그렇다. 네가 가진 모든 것을 나는 가지고 있다. 그리고 네가 미처 깨닫지 못한 것도 나는 안다. 너의 육체 또한 내 마음대로 조종할 수 있고, 다른 인격도 모두 나의 편이다. 왠지

아나? 넌 혼자 육체를 차지하려 하지만, 나는 다른 인격과 너의 육체를 공유할 것이기 때문이지.

"음, 팔한이란 바로 나의 숨은 인격들을 뜻하는 것인가."

—그렇다. 유사 이래로 그걸 제어한 자는 없다. 알겠느냐? 넌 지금 스스로 목숨을 끊을 수도 없다는 뜻이다. 크하하하하하하.

제대로 걸렸다. 강진은 이번에야말로 진정한 위기가 닥쳤다는 생각을 했다.

어떤 생각을 하던 상대는 그것을 알게 된다. 왜냐하면 상대는 바로 강진의 또 다른 인격이기 때문이다.

머리가 아무리 좋아도 전혀 소용이 없는 것이다.

사실 강진은 자신이 남들보다 똑똑하다는 것을 알고 있었기에 어떤 위험이 닥쳐도 스스로의 머리를 믿었다. 그런데 이번에는 그럴 수도 없다는 생각을 하자 과연 마음에 흔들림이 생겨났다.

"또 모든 것을 비워야 하나."

무한경요진은 그렇게 해서 벗어났다. 강진이 그런 생각을 하자 마신상은 또 웃었다.

—제발 좀 비워라. 그럼 난 무주공산에 들어가듯 네 육체를 차지할 수 있다. 넌 영원히 비운 채로 나의 숨은 인격이 되어라. 크하하하하하.

“독한 놈.”

강진은 자신도 모르게 욕을 했다. 그런데 하고 보니 자기 자신에게 욕한 게 되었다. 굉장히 난처하고 화가 났다.

강진이 말을 않자 이번에는 마신상이 먼저 강진을 도발하기 시작했다.

―내가 네가 되면 너의 모든 것은 나의 것이 된다. 너의 부인도 그렇고, 형제나 양부도 내 마음대로지. 알아? 난 먼저 네 부인과 동생, 그리고 양부를 모두 죽여 버릴 거다. 왜냐고? 그래야 네가 감히 육체를 찾을 생각은 못하거든. 사람은 원래 자신의 손으로 돌이킬 수 없는 일을 하게 되면 의식이 멈춰 버려. 무의식 속으로 도망가서 평생 웅크리고 있게 되지. 그럼 난 영원히 너의 몸을 가질 수 있는 거 아니겠어? 크하하하하. 또 난 마선이니까, 가족의 정 따윈 필요없지. 있으면 오히려 부담이 된다고. 어때? 화가 나나? 그럼 화내. 억울하면 나를 죽여봐. 크하하하하하.

“으으으, 이놈!”

가족을 모두 죽여 버리겠다는 마신상의 말에 강진은 정말로 분노했다. 참을 수 있는 일이 있고 없는 일이 있는데, 강진에게는 가족의 안위가 바로 역린이었다.

이놈을 어떻게 처치해야 이 분노가 풀릴까? 아무리 고민해도 방도가 생각나지 않았다. 오히려 마신상이 그런 강진의 생각을 읽고 계속해서 조롱하고 도발했다.

단순히 말뿐만이 아니다. 마신상은 강진에게 환상을 보여 주었다. 바로 강진이 가장 싫어하는 것. 가족을 자신의 손으로 죽이는 환상이었다.

—왜? 아까 그렇게 많은 사람이 죽는 걸 봐도 태연한 척하더니, 이제 겨우 한두 사람 죽는 걸 가지고 그토록 흔들리나? 남의 목숨은 가볍고 네 가족의 목숨은 무거운 거냐? 그럼 나서질 말았어야지. 마선의 일을 방해하고 대의를 부르짖으면서 그렇게 마음이 좁아서야 어찌 견딜 수 있겠나? 크하하하하하.

그것은 정말 지옥이라 할 만했다. 보통 사람이었으면 벌써 미쳐도 미쳤을 것이다.

사부라면 이런 때에 어떻게 행동했을까? 역시 분노에 몸을 떨면서 어떤 일도 하지 못했을까?

상상을 할 수가 없었다.

하지만 강진의 마음속의 적포천존이라면 어떤 방식으로든 저 마신상을 때려잡았을 거라는 생각이 들었다. 아니, 이 공간 자체를 붕괴시켜 버릴지도 모른다.

—불가능하다니까. 네 육체는 지금 너 혼자만의 것이 아니니까 말이야. 네가 전력으로 강기를 발출해도 내가 막거든. 크하하하하하!

'저 통쾌해 보이는 웃음소리는 내가 무의식적으로 꿈꾸던 그런 웃음소리인 건가? 사부를 조금 닮았다.'

강진은 마신상이 자꾸 웃자 갑자기 그런 생각을 하게 되었다. 그러고 보니 이놈은 그의 무의식이 만든 인격이다.

그런데 이렇게 사악한 것을 보면 사람의 내면에는 정말 어떤 괴물이 도사리고 있는지 알 수가 없다. 어떤 괴물일까?

"이봐, 마신상."

강진은 문득 마신상의 성격을 조금 더 알고 싶다는 생각을 했다.

정말로 자신의 내면에 이런 인격이 숨어 있는 건지, 그리고 그 인격이란 놈이 구체적으로 어떤 성격을 지니고 있는지 궁금해졌다.

—응? 뭐냐?

마신상이 대화에 응했다.

강진은 피식 웃으며 계속 말했다.

"정말 너 마선이 되어 중원을 혼란에 빠뜨리고 싶은 거냐?"

—당연하다. 넌 평소에 의협을 중시하고 가족을 소중하게 생각해 왔지. 하지만 내면으로는 그만큼 소중한 것을 모두 파괴하고 싶은 충동이 생기는 법이다. 또 넌 마선을 증오하고 목숨을 걸고 마선을 막으려 하지 않았나? 그러니 반대로 마선

이 되고 싶은 충동도 생기지. 크하하하하하하.

"그 웃음소리는 사부님과 조금 닮았는데?"

―그렇다. 난 하고 싶은 것을 숨기지 않는 성격이다. 적포천존의 성격이 얼마나 멋지냐? 난 너처럼 고리타분하고 재미없는 성격이 아닌 적포천존처럼 화끈한 마선이 되고 싶다.

"그런가? 네가 보기에 난 재미없는 사람이었군."

―당연한 거 아냐? 길 가던 사람을 붙잡고 물어봐라. 네가 재미있는지 없는지.

"음, 그 정도였단 말인가."

강진은 마음에 상처를 받았다.

―넌 너무 참아. 그리고 너무 앞뒤를 재. 너처럼 뛰어난 재능을 가진 놈이 그런 식으로 행동하면 다른 사람이 참을 수 있겠냐? 그리고 알고 보면 넌 사람을 가지고 노는 것을 좋아한다. 그게 바로 내가 너에게 호감을 느끼는 유일한 부분이지. 크하하하하하.

대화가 계속됨에 따라 강진은 마신상이 어떤 성격을 가지고 있는지 조금씩 이해하게 되었다. 그리고 자신과 마신상의 관계가 바로 빛과 그림자처럼 상반된 것이라는 것도 깨달았다.

마신상은 허풍도 세고 충동적이었다.

문제는 강진의 생각은 마신상이 모두 알게 되는 데 비해 마신상의 생각을 강진은 알 수가 없다는 데에 있다.

불리하다. 하지만 계속 대화는 나눌 수 있다.

대화를 나누는 사이에는 마신상이 강진을 도발하지 않았다. 환상을 보이지도 않았다.

그러고 보니 강진이 마신상에게 대화를 거는 것은 정신적으로 안정을 취하기 위함으로 마신상에겐 결코 좋은 일이라 할 수 없다.

혹시? 강진은 문득 떠오른 생각을 마신상에게 물었다.

"너 나랑 대화를 하고 싶었던 거냐?"

ㅡ…씨발, 들켰네.

"외로웠냐?"

ㅡ그럼 너 같으면 안 외롭겠냐? 난 평생 갇혀 지냈단 말이다. 그래서 이런 천재일우의 기회를 놓칠 수 없다. 이번에는 내가 표면으로 나가고 네가 갇혀 지내야 한다!

"음, 네 마음도 이해를 하는데 말이야."

ㅡ이해 못해! 넌 나이지만 내가 아니란 말이다. 한번 제대로 갇혀봐야 내가 얼마나 절박한지 알 거다. 크하하하하하.

"하기야 몸뚱이는 하나니 네가 아니면 나 둘 중 하나는 묻혀야 하는 운명인 건가?"

ㅡ그렇지. 바로 생사대전이라는 거다. 도망갈 길 따위는

없다. 물론 네가 이길 승산도 없다. 크하하하하하.

정말 마신상은 통쾌한 웃음소리에 매료되어 있는가 보다. 말끝마다 의미없이 웃는다.

'생각해 보니 난 평생 저렇게 웃어본 적이 없군.'

강진은 고개를 끄덕이며 속으로 중얼거렸다. 그리고는 심호흡을 한 번 하고 크게 웃음을 터뜨렸다.

"크하하하하하하하하하."

—어! 이놈아. 그건 내 웃음인데 네가 왜 쓰는 거냐?

마신상이 무척 억울하다는 듯 항의했지만 강진은 무시했다.

"크하하하하하하하하하하하!"

보란 듯이 더 크게 웃으니 마신상이 화를 냈다.

—아, 이놈아! 그치지 못해!

"근데 넌 왜 더 이상 안 웃는 거지?"

—네가 쓰는 건 난 쓰기 싫단 말이다!

"오호, 그런 거였군? 적어도 난 너를 괴롭힐 방법을 하나 발견한 셈이다."

—이런 나쁜 놈. 난 넌데, 넌 네 자신을 괴롭히는 게 좋나?

"아니, 하지만 넌 나를 괴롭히지 않느냐?"

—당연하지. 난 나 자신을 괴롭히고 학대하는 것을 즐긴다.

"아, 넌 나와 반대적 성향을 가진 인격이지. 그쪽 취미까지 가지고 있었구나."

—꼭 반대되는 것은 아니다. 방금의 너처럼 비꼬는 말투는 나도 좋아하지. 크크크크.

"웃음소리 바꿨네? 그러고 보니 난 그런 음흉한 웃음도 평생 해보지 않았구나."

마신상과 대화를 하다 보니 의외로 자아 성찰에 지대한 도움이 되었다.

강진은 이제 마신상과의 대화를 즐기게 되었다. 알고 보니 묘한 매력이 있는 놈이었다. 귀엽기까지 했다.

그러다가 또다시 문득, 강진은 자신의 다른 인격은 어떤 성격을 지니고 있을까 하는 생각이 들었다.

팔한지옥이라고 했다. 그렇다면 인격이 여덟 개 있다는 뜻이 아닐까? 꼭 여덟 개는 아니더라도 마신상 하나만 존재하는 것은 아닐 터이다.

"이봐, 마신상."

—뭐냐?

"너 말고 다른 인격 좀 나와보라 그러지?"

—미쳤냐? 내가 왜 괜히 경쟁자를 깨우겠냐? 넌 내가 독식할 거다.

말이 다르다. 아까는 공유한다고 했다. 이놈의 마신상은 거짓말도 한다. 강진은 그 점은 일단 덮어두고 대화의 진행에 집중했다.

"이런, 그렇지. 그들도 너에겐 경쟁자인 셈이구나."

―그렇다. 난 일단 너를 묻어버린 후 여기엔 두 번 다시 안 들어올 거다. 암, 그게 현명한 생각이지. 크크크크크.

꽤 머리가 좋아 보이는 인격이다. 어쩌면 인격은 달라도 지능은 비슷한지도 모르겠다.

하지만 강진은 마신상의 말에서 또 한 가지를 깨달았다.

바로 또 다른 인격을 부를 수만 있다면 그건 마신상에 대한 가장 효과적인 공격 방법이 될 수도 있다는 것이었다.

최악의 경우 의식을 빼앗겨도 마신상이 아닌 다른 인격이라면 가족을 소중하게 대해줄지도 모르지 않은가?

"음, 네가 안 부르면 내가 한번 불러봐야겠다."

강진은 제자리에 털썩 주저앉아 가부좌를 틀었다. 그리고는 자신의 내면을 관조하며 혹시 있을지도 모를 다른 인격을 느끼려 했다.

―소용없다. 그게 그렇게 쉽게 되는 거냐? 크크크크.

"될 때까지 할 거다. 일단 성공만 하면 네놈을 또 한 번 물 먹이는 거니까."

―아, 이놈이. 정말 사람 귀찮게 하네.

마신상이 다시 환상을 만들어냈다. 강진이 스스로의 손으로 의동생인 장대근의 등을 찌르는 환상이었다.

그러나 강진은 더 이상 흔들리지 않았다. 환상은 어디까지나 환상이다. 여기에 흔들려 의식을 빼앗기게 되면 정말 환상이 아닌 실제로 그런 일이 벌어지게 되니 현혹되어선 안 된다.

보통 사람은 그렇게 버티려 하면 할수록 끌려들어 가지만, 강진은 이제 정말 의지대로 심리가 움직였다.

마음의 여유가 생기고 상대에게 반격할 방법을 찾았기에 더욱 안정될 수 있었다.

시간이 흐르니 마신상도 지쳤는지 더 이상 환상을 보이지 않았다. 말도 하지 않았다.

"이봐, 자는 거냐?"

강진이 묻자 다시 마신상이 말했다.

—자긴 누가 잔다고 그래? 네놈이 헛짓하는 걸 구경하는 참이다. 크크크크크.

"그래? 음, 계속 생각했던 건데 어쩌면 네놈은 거짓말을 잘 하는지도 모르겠다."

—뭐! 이놈아, 사람을 어찌 보고 그런 심한 말을 하는 거냐!

"화내는 걸 보니 정말 뭔가 있군."

강진은 왜 마신상이 갑자기 환상도 안 보여주고 말도 안 했을까를 진지하게 생각해 보았다.

답은 곧 나왔다.

"아하, 너 내가 네가 있는 곳을 알아낼까 봐 숨죽이고 있었던 거구나."

—으, 귀신같은 놈.

마신상은 강진의 몸속에 숨어 있다.

강진이 진지하게 내면을 관찰하자 마신상은 경거망동을 할 수 없었다. 왜냐하면 마신상이 있는 곳에 다른 인격도 있기 때문이다.

강진은 대화를 하면서도 내면의 관찰을 소홀히 하지 않았다. 결국 강진은 마신상이 있는 곳을 알아낼 수 있었다.

그건 몸속의 어느 한 지점이라기보다는 몸과 겹쳐진 한 공간이었다. 한 군데가 아니라 여러 군데로 나뉘어져 있었는데 일부는 머리에 있고 일부는 발끝에도 있었다.

"이러니 한 지점에 집중을 해도 찾아낼 수가 없었지. 네놈은 내 몸의 군데군데에 조금씩 섞여 있는 것이다. 그렇다면 다른 인격도 마찬가지겠군!"

—아아악! 이놈아, 안 돼!

제대로 걸린 마신상이 비명을 질렀다.

무슨 수를 써서든 강진이 다른 인격을 불러내는 것을 막아야 한다는 절박감이 느껴지는 비명이었다.

하지만 그럴수록 강진은 더욱 열심히 다른 인격을 찾았다.

내면의 몸 구석구석에 대고 한번 나와 이야기를 나눠보자고
속삭였다.

결국 누군가가 강진의 속삭임에 대답을 했다.

—신기한 일이네요, 당신이 저를 부르다니.

여성의 목소리였다. 강진은 순간 당황하여 물었다.

"내 다른 인격 중에 여성도 있는 거요?"

—그럼요. 저는 당신이 태어나기 전부터 있었는걸요. 사람
은 처음 모친의 뱃속에 생겨났을 때에는 남녀의 구분이 없답
니다. 그러다가 나중에 결정이 되는데, 강 소협은 남아로 태
어났고, 저는 그때 생겨난 거지요.

—아아아악! 나오지 마!

마신상의 비명은 아랑곳하지 않고 강진의 눈앞에 아리따
운 처녀가 한 명 나타났다.

—처음 뵈어요. 저는 이름이 없으니 아무렇게나 불러도 되
어요.

"그럴 수는 없소. 소저는 본인의 또 다른 인격이니 강연이
라 부릅시다. 강연 소저."

—어머, 이름 고마워요. 강진 소협과는 형제자매 같은 이름
이네요. 하기야 형제라고 할 수도 있겠군요.

다행히도 강진이 처음 불러낸 강연 소저는 그다지 나쁜 인
격 같지 않았다. 상냥하면서도 재치있는, 강진이 호감을 느낄

만한 아가씨였다.

—젠장, 넌 왜 또 나와서 이름까지 얻는 거지? 이제 들어가. 들어가라니까!

마신상의 절규가 배경처럼 울려 퍼졌다. 그러자 강연 소저는 고개를 돌려 뒤쪽을 보더니 손을 뻗으며 말했다.

—제일 어린 녀석이 어딜 버릇없이 반말이니? 숨어서 그러지 말고 이리 나와.

—아야야야얏!

강연 소저의 손이 공간을 뚫고 들어갔다가 나오니 손가락에 마신상의 귀가 잡혀 있었다. 마신상은 강진만 한 크기로 변해 비명을 지르며 딸려 나왔다.

—얘가요, 사실은 제일 어려요. 그러니까 강 소협이 열 살이 넘어 세상에 대해 진지하게 생각하고, 또 무공을 수련하면서 생겨난 녀석인 거지요. 이제 겨우 열 살을 넘긴 애가 감히 언니, 오빠들을 제치고 강 소협을 넘보다니, 참 웃기지요?

지금은 웃기다. 하지만 아까까진 지독한 위협이었다.

강진은 한숨을 내쉬며 강연 소저에게 물었다.

"강연 소저와 저 마신상 이외에 또 다른 인격이 있는 겁니까?"

—그럼요. 계속 불러보세요. 제가 조금은 도와드릴 수 있어요.

강진은 강연 소저의 제안에 따라 다시 가부좌를 틀고 앉아 내면의 또 다른 인격을 찾아나갔다.

마신상은 발악을 했지만 강연 소저가 그의 귀를 잡고 놓지를 않으니 더 이상 힘을 쓸 수가 없는 모양이다. 환상이고 뭐고 아무런 짓도 하지 못하고 그저 귀엽게 비명만 질렀다.

잠시 후, 강진은 모두 네 명의 또 다른 자신과 대면하게 되었다.

강연 소저와 마신상 이외에 둘을 더 찾은 셈이다.

―이야! 우리가 이렇게 나올 수 있을 거란 생각은 한 번도 못해봤는데.

―형, 저도 이름 지어주세요!

쾌활한 목소리에 강진과 똑같이 생긴 인격과 약간 내성적으로 보이는 십육 세 정도의 소년이었다.

강진은 자신과 똑같은 생김새의 인격에게 강인이라는 이름을 붙이고, 소년을 강준이라 불렀다.

그리고 마지막으로 마신상에게는 강마라 하니 그의 인격이 모두 이름을 가지게 되었다.

―참으로 기연이라 할 수 있네요. 어떻게 우리가 한자리에 모일 수 있을까요?

강연 소저가 손뼉을 치며 말하자 다들 웃었다. 심지어는 강마마저 더 이상 화를 내지 않고 손으로 머리를 긁적이며 이러면 안 되는데 하고 중얼거릴 뿐이었다.

"다른 인격은 없습니까?"

—없을 거예요. 제 생각에는 팔한지옥이란 사람이 평생 살면서 여덟 면의 큰 전환기를 가지게 된다는 의미로, 그때마다 사람은 한 가지를 선택하면서 마음 한구석으로는 다른 길에 대한 호기심이 남는 것 같아요. 그 결과 무의식중에 다른 길로 간 인격이 생기는 거지요.

"그렇군요. 저는 인생에 네 번의 전환기를 맞이했다고 봐야 하는 거였습니다."

—씨발, 그러니까 앞으로는 나한테 맡기고 넌 들어가라니까! 난 꼭 세상을 뒤집어엎고 싶단 말이다!

강마가 다시 고함을 질렀다. 눈이 반쯤 뒤집혀 희번덕이는 것이 마선과 비슷해 보였다.

—어딜, 넌 제일 꼬라비야.

강연이 다시 강마의 귀를 잡아당겼다. 귀가 바로 강마의 약점이고, 강연은 강마의 천적인 모양이다.

"그러지 말고 우리 모처럼 모였으니 연회를 벌이는 게 어때? 그리고 난 독자라서 평생 형제자매가 없는 것이 한이었으니 이번에 의형제가 되자고."

강진이 미소를 지으면서 말하자 강인이 크게 웃었다.

—푸하하하하하! 이봐, 우리는 형제 이상의 사이라고. 아무

튼 좋아. 네 뜻이 그렇다면 의형제가 되자.

─나쁘지 않군요. 그럼 나이를 따져요.

─싫어! 그럼 내가 제일 막내잖아!

─어머, 강마야. 그래도 강진 소협과 의형제가 되고 싶기는
하구나?

─윽, 그, 그건…….

"좋아, 그럼 결정된 거다. 강연 소저가 제일 큰 누님이 되
고, 내가 둘째, 강인이가 셋째, 강준이 넷째고 강마가 다섯째
다."

─어머, 내가 누님이 되는 거야?

"그런 느낌이 들었습니다."

─그럼 그러지 뭐. 자, 그럼 모두 손바닥을 마주치며 결정
해요.

짝, 짝, 짝, 짝.

이번에는 강마도 군말없이 손바닥을 쳤다. 그것으로 모두
는 의형제의 의리로 맺어진 것이다.

─그럼 우리 기념으로 다같이 노래를 해요. 나는 원래 노
래하고 춤추는 것을 좋아하니까. 이 누나를 위해서. 호호호
호.

강연이 제안하니 다들 웃으며 거절하지 않았다. 노래 곡목
은 이백의 비파행. 강마가 환상을 부려 비파와 피리를 만들어

내자 강준이 피리를 빌려 불기 시작했다.

강연이 춤을 추고 강마와 강준이 연주를 하고, 강진과 강인이 노래를 했다. 그렇게 같이 웃으면서 합창을 하니 어느덧 모두의 마음이 하나가 되었다.

"아!"

순간 강진은 자신의 몸이 다섯 개로 분리되었다가 녹아서 다시 하나가 되는 느낌을 받았다. 그건 정말 새로운 감각의 체험이었다.

언뜻 강연의 미소 띤 얼굴이 보였다가 사라졌다. 같이 노래를 하자는 제안이 이런 의미였던가? 누나 된 도리로 동생에게 길을 열어준 모양이다.

—마선도 사람들을 부탁해. 그들도 좋은 사람이야.

아련한 목소리가 들려왔다. 모습은 사라졌지만 강연의 마지막 부탁이 잔향처럼 남았다.

"아!"

강진은 자신도 모르게 다시 크게 소리를 질렀다.

네 명의 다른 인격이 모두 강진과 하나가 되니 전생과 후생이 모두 보이고 선계가 눈앞에서 열리는 것 같았다.

강진은 한참 동안 움직이지 않고 그가 이룩한 경지에 대한 체험을 맛보았다. 극상의 산해진미라 해도 이보다 더 황홀할 수는 없을 것이다.

내공과 외공, 그리고 의지를 넘어서 완전체로서의 강진이 탄생되었다. 그는 이미 신인(新人)이라 할 수 있었다.

"마선인 강마도 나로 인해 생긴 것이다. 이제 그가 나를 받아들여 더 이상 거부하지 않으니 표리부동의 단계를 겨우 넘어섰구나."

강진은 서서히 몸을 일으켰다. 이제는 어떤 기환진도 그를 해할 수 없으리란 걸 알았다.

결국 기환진이란 자연의 기운이 흐르는 것과 피시전자의 정신이 불완전함을 이용한 것. 자연의 기운을 다루고 완벽한 정신 체제를 갖춘 강진에겐 만환이 무효하다.

천장과 바닥이 둥그런 구의 형태인 공간은 여전히 그대로였다. 단지 마신상은 처음부터 환상이었던 듯 이제는 존재하지 않았다.

대신 하나의 대리석으로 된 단이 있고, 그 위엔 구리로 된 향로가 놓여 있었다.

향로의 앞에는 거북이의 등껍질 위에 글씨를 새겨 넣은 것이 있었는데 내용을 보니 고대 한어의 전자체로 달기선법이라고 적혀 있었다.

강진은 그 안에서 팔한지옥에 대한 내용을 찾을 수 있었다.

팔한지옥은 원래 사람이 정신 체제의 불완전함을 극복하여 새로운 자아를 발견하고 그것과 융합하는 고도의 선술을 위한 것이었다.

마선도의 선조는 그걸 마선이 되게 하는 데 이용했지만, 강진은 그야말로 제대로 익힌 셈이다.

그 외에도 달기선법에는 하나의 내공심법이 적혀 있었는데, 그것은 마선도의 마선들이 익히는 마화취정을 이루는 방법이었다.

달기는 이 마화취정을 수련하기 전에 필히 팔한지옥의 관문을 돌파하여 정신을 바로잡으라고 경고했다. 그래야만 빠르고 강력한 힘의 성취를 얻으면서도 정신이 흔들려 광기에 빠지는 것을 막을 수 있다고 쓰여 있었다.

하지만 마선도의 선조는 고의인지 아닌지는 몰라도 후예들에게 마화취정을 먼저 익히게 하고, 최후에 섬을 나가려 하는 자에게 팔한지옥에 도전을 할 수 있게 한 것이다.

"고의였군. 어쩌면 그들이 팔한지옥을 넘지 못한 채 급하게 마화취정을 수련하여 광기에 사로잡힌 것일 수도 있고."

강진은 고개를 저으며 중얼거렸다.

마지막으로 쓰여 있는 것은 달기가 아닌 다른 사람이 새긴 것으로, 바로 마선도의 저주로부터 벗어날 수 있는 방법이었다.

원래 마선이 된 자는 스스로 마선의 규율에 따르기로 결심하도록 되어 있기 때문에 이걸 보고도 다른 섬사람들에게는 절대 알리지 않는다.

하지만 강진은 모든 금제로부터 벗어나 있으니 이걸로 만사가 해결되었다.

마선이 따로 비밀리에 섬을 벗어날 수 있는 방법도 적혀 있었다. 확실히 마선도의 비밀은 바로 지하에 있었고, 강진은 그 비밀을 풀었다.

*　　　*　　　*

그르르릉.

둥근 돌기둥이 기관장치에 의해 들어가고 아래쪽의 문이 열렸다. 강진은 천천히 걸어서 나왔다.

나오면서 보니 삼선이 있던 곳이 이전과는 조금 다르게 변해 있었다.

사방으로 쳐진 하얀 거미줄은 불빛을 반사하며 붉게 빛났다. 바닥에는 검은 흙이 깔려 있었는데, 가만히 보면 날카로운 가시가 그 사이사이에 섞여 있었다.

삼선은 중앙에 모여 있었는데, 모두 병기를 뽑아 들고 강진을 살펴보는 중이었다.

"어때? 마선이 되었나?"

"별로 지친 것 같지 않은데?"

"지치지 않았으면 마선이 된 거겠지. 그렇지 않으면 거의 죽을 지경이 되어야 나올 수 있으니까."

"그런데 왜 눈동자가 사라지지 않았지? 마선이 되었다면 마화취정을 익혔을 거 아니야!"

삼선은 서로 상의를 하다가 결국 지주요선이 강진에게 직접 물었다.

"이봐, 마선이 된 건가?"

강진은 솔직하게 대답했다.

"그렇지 않소. 이제 마선은 세상에서 사라질 것이오."

"이런, 멀쩡하잖아!"

독심선이 혀를 차며 자리에서 일어나자 수왕선이 이를 드러내며 웃었다.

"잘되었군. 시작하자고."

강진은 삼선에게 다시 말했다.

"본인은 마선도를 나갈 수 있는 방법을 알아냈소. 그대들은 나가고 싶지 않은 거요?"

"필요없다. 우린 꼭 마선이 될 거다. 크흐흐흐흐."

"이런, 이미 인격이 일그러졌군."

강진은 삼선의 상태를 깨달았다. 이들은 이미 팔한지옥에 도전하여 실패한 경력이 있었다.

팔한지옥을 겪었는데 사람의 정신이 멀쩡할 수는 없다. 결국 이들의 본인격은 붕괴되었고, 다른 인격과 어설프게 섞여 미친 것이다.

원래 그걸 고치려면 다시 팔한지옥에 도전하여 하나의 인격이 완전히 육체를 점하는 수밖에 없다.

그게 고치는 건지 완전히 망가지는 건지는 알 수 없지만 일그러진 정신은 본능적으로 그걸 원하게 되어 있다.

그런데 이미 팔한지옥으로 들어가는 기환진은 강진에 의해 사라졌다. 달기선법에 그 방법이 적혀 있기는 하지만 강진은 이들에게 그걸 가르쳐 줄 마음이 없었다.

이들을 팔한지옥으로 보내도 원래의 온전한 인격은 이미 되찾을 수 없는 상태다. 몸을 차지한 다른 인격들이 가장 먼저 하는 것은 본래의 인격에게 큰 타격을 주어 복귀하기 못하게 하는 것이기 때문이다.

강진은 잠시 그들을 보며 연민 어린 표정을 짓다가 조용히 말했다.

"어쩔 수 없구려. 그대들의 불행을 내 손으로 매듭지어 주겠소."

강진이 검을 뽑자 삼선도 서로 흩어졌다.

지주요선은 허공으로 떠올라 거미줄에 거꾸로 매달려 섰다.

그의 양손에는 길이가 한 자 정도 되는 강침이 각각 세 자

루씩 들려 있었는데, 날은 없어서 베는 데는 쓰지 못하나 찌
르거나 던지는 무기인 것 같았다.

독심선의 경우는 움직이지 않고 그 자리에 버티고 서서 기
마 자세를 취한 채 양손을 내밀었다. 양손의 손가락으로 원을
만든 모습이 영락없이 기체조를 하는 사람의 모습이었다.

그의 발목과 손목, 그리고 손가락으로 그린 원 사이에는 노
란 황금으로 만든 환이 두 개씩 걸려 있었는데, 도합 열 개의
황금환들은 저절로 흔들려 짤랑짤랑 소리를 내었다.

수왕선의 무기는 별것없었다.

손톱이 한 치 정도 길고 또 어금니도 그 정도로 튀어나와
있었는데, 그게 피처럼 붉었다. 어떤 수련을 했기에 저렇게
됐는지가 무지 궁금했다.

그 외엔 팔뚝과 종아리에 칼날을 매달아 무릎 공격과 팔꿈
치 공격에 이용할 수 있게 해놓았다. 전신 흉기란 표현이 어
울렸다.

"샤!"

슈슈슈슉.

지주요선이 선수를 쳤다. 그는 이상한 기합과 함께 발가락
으로 거미줄을 끊어 날렸는데 거미줄은 창이나 화살처럼 날
카로운 파공성을 내며 강진에게 쏘아져 나갔다.

강진은 따로 움직이지 않고 호신강기를 살짝 퍼뜨려서 거

미줄을 막았다. 그런데 호신강기에 튕긴 거미줄이 흐트러진 실처럼 수백 가닥으로 나뉘더니 강진을 감싸려 했다.

순식간에 강진의 주변에 거미줄의 막이 생겨 누에고치처럼 변했다.

그것은 단지 시야만 가리는 게 아니라 강진의 기가 통하지 못하게 했다. 확실히 보통 무공으로만 강해진 고수라면 파해하기 어려운 한 수였다.

그러나 불행히도 상대는 강진이다.

'무슨 의미가 있는가?

강진은 속으로 웃었다.

퓨퓨퓨욱.

누에고치를 뚫고 강침이 날아왔다. 지근거리에서 번개처럼 날아드는 강침은 지극히 위협적이었다.

하지만 강진의 검은 어느새 강침을 튕겨낼 수 있는 위치에 있었다. 거리와 속도는 그에게 아무런 위협이 될 수 없었다.

카캉! 하는 소리와 함께 강침이 튕기자 다시 거미줄의 창이 막을 뚫고 들어왔다. 강진이 그걸 베어내자 거미줄이 터지며 막에 달라붙었다.

그때였다. 막을 뚫고 수왕선이 뛰어들어 와 강진에게 연속으로 공격을 퍼부었다.

날카로운 어금니가 난 입, 손톱과 발톱을 포함해 팔꿈치나 무릎에 난 칼날을 이용한 폭풍과도 같은 연속 공격이었다. 심지어는 등에도 칼날이 톱니처럼 나 있었다.

수왕선은 전신에 검붉은 호신강기를 뒤집어쓴 채였다. 그의 호신강기와 강진의 호신강기가 서로 부딪치니 충격파로 인해 거미줄 고치가 부르르 떨렸다.

그야말로 좁은 철창 속에서 미쳐 날뛰는 맹수와 싸우는 형국이었다. 그러나 강진의 시선은 수왕선이 아닌 고치의 바깥쪽을 향하고 있었다.

아무리 고치가 그의 기감을 막아도 어느 정도는 느낄 수가 있었다. 지금 고치의 바깥 면에는 독심선의 강환이 붙어 있다. 그리고 눈에는 보이지 않지만 고치의 면으로부터 무시할 수 없는 독기가 흘러들어 오고 있었다.

아무리 독이 통하지 않는다고 해도 이렇게 되면 고치 안의 공기 자체가 강진의 적이 되는 셈이다. 외부로부터 힘을 흡수하지 못하니 어떤 고수라도 소모가 심할 수밖에 없다.

그러나 그들은 강진에 대해 잘 모르고 있었다. 강진에게는 독도 흡수하여 자신의 내력에 보탤 수 있는 능력이 있었다.

강진은 오히려 여유를 찾았다.

"연구 많이 했군. 그대들 같은 고수가 이처럼 서로의 무공에 맞춰 합격진을 연습하는 것은 드문 일인데."

"크르릉, 우리에겐 자존심 따윈 없다. 오직 선업만이 있을 뿐이다.”

카카카캉!

수왕선은 말을 하면서도 손과 발을 늦추지 않았다.

“그런가? 그게 중요하지!”

강진은 크게 외치며 전신의 기를 개방했다.

펑! 하는 소리와 함께 수왕선이 뒤로 튕겼다. 하지만 고치
에 몸이 닿자마자 더욱 빠른 속도로 강진을 향해 재차 튕겨
나왔다.

독심선의 강환이 수왕선의 등을 받쳐 튕겨낸 것이다.

동시에 고치의 크기가 한 단계 줄어들었다. 공간이 더욱 좁
아지니 수왕선은 좋아라 하며 그만큼 빠르게 공격을 퍼부었
다.

강진이 보기에 수왕선은 미끼였다.

'이자에게 집중했다가는 다른 둘에게 당한다. 독심선과 지
주요선은 지금 치명적인 공격을 준비하고 있는 것이다.'

수왕선의 파상공격은 그동안 시간을 벌기 위한 발악이라
할 수 있었다. 죽을 가능성이 가장 높은 위치에서 눈을 까뒤
집은 채 싸우는 수왕선의 투기는 놀랄 만했다.

강진은 기다렸다.

원래 승패의 순간은 서로의 암묵적인 합의하에 결정되어
지는 경우가 많다.

　이번 싸움의 승패는 바로 삼선이 전력으로 강진에게 공격을 가하는 순간이다. 그래야 상대도 강진도 피할 수 없는 생과 사의 갈림길에 서게 되는 것이다.

　‘한 놈이라도 살아서 도망가면 찾기 어렵다.’

　강진은 그렇게 판단했다.

　아무래도 지하 기관의 구조는 강진보다 삼선 쪽이 잘 알 것이고, 자칫 잘못하면 삼선의 생존자가 같이 죽자는 심보로 지하 기관을 무너뜨릴지도 모른다.

　그런 만큼 승부는 일순간에, 그것도 확실하게 전원을 처리해야 한다.

　삼선 쪽도 강진을 대충 상대해서는 감당할 수 없다는 것을 알기에 힘의 집중에 집중을 거듭하는 중이다.

　거미줄 고치의 공간은 점점 줄어들었다. 이에 따라 안쪽의 기가 점점 압축되니 보통 사람은 가만있어도 압력에 폐와 심장이 터질 정도가 되었다.

　당연히 고치의 두께는 계속해서 두꺼워졌다.

　공동 전체에 쳐져 있던 거미줄의 대부분이 강진의 주변에 모였으니 이제는 두께가 삼 장이 넘을 지경이었다.

　독심선의 강환은 모두 고치 속에 섞여 버린 지 오래다. 뿐만 아니라 독심선 또한 큰대 자로 고치에 달라붙더니 파묻혀 버렸다.

준비가 끝나자 지주요선은 고치 위로 올라가 섰다. 그리고 는 남은 거미줄로 굵은 끈을 만들어 고치에 연결했다.

공동의 천장과 연결된 고치는 점점 위로 떠올라 공동의 한 가운데에서 멈췄다.

지주요선은 위에 서 있고, 파묻힌 독심선은 바닥에 깔리듯 이 위치했다.

안에서 수왕선이 얼마나 열심히 싸우는지는 별로 신경 쓰 지 않고 그들은 여유있게 이런 일들을 행했다.

"그럼 시작하지."

지주요선이 사이한 미소를 지으며 말하는 순간 고치가 살 아 있는 것처럼 부르르 떨렸다.

그리고 고치의 벽면에 작은 균열이 생겼다. 거미줄은 부드 러우나 고치는 단단하다. 압력으로 뭉쳐진 거미줄은 굳어서 갈라지는데, 그 단면이 유리처럼 날카로웠다.

"합!"

지주요선이 기합성을 발하며 들어 올렸던 두 팔을 아래로 내리자 고치가 깨어지며 파편이 모두 안쪽으로 파고들었다.

동시에 지주요선의 몸도 아래로 떨어지며 손에 든 강침으 로 강진의 머리와 어깨 등을 노렸다.

독심선의 강환은 급격히 회전하며 지주요선의 거미줄 칼 날에 힘을 더했다. 그로 인해 칼날의 속도가 거의 두 배나 빨라지니 안에 담긴 힘은 네 배로 강해진 셈이다.

동시에 독심선의 입에서 하나의 작은 강환이 튀어나왔다.

알고 보면 이 구중환이야말로 독심선의 비장의 무기이다. 반지보다 조금 큰 강환은 소리도 없이 거미줄 칼날 사이에 섞여 강진의 단전 아래쪽을 향해 날아갔다.

거미줄 칼날은 수왕선의 몸에도 닿았다. 그것들은 사정없이 수왕선의 몸을 꿰뚫었다.

그러나 수왕선은 비명을 지르기는커녕 오히려 몸 밖으로 뚫고 나온 거미줄의 칼날을 무기로 삼아 강진에게 엉겨붙었다. 전신에 고슴도치처럼 칼날이 생긴 셈이다.

원래부터 좁은 공간에 수천 개의 칼날이 들어와 메우는 형국이다. 거리는 반 장도 안 되어 그야말로 찰나의 틈도 없었다.

"무섭군."

강진은 짧게 감상을 말했다. 그리고는 검을 앞에 세운 채 일체의 움직임을 멈췄다.

파파파파팍!

칼날이 강진의 전신을 유린했다. 강환 역시 그의 하체에 적중했다.

지주요선의 강침은 강진의 머리 위 백회혈에 정확하게 꽂혔고, 수왕선은 아예 강진을 껴안아 몸에 난 칼날을 모두 강진에게 쑤셔 넣었다.

그런데 그걸로 끝이었다.

"어떻게?"

지주요선이 고개를 갸웃하며 물었다.

그러자 강진이 위쪽을 살짝 올려다보며 말했다.

"금강불괴라고 들어봤소? 금강불괴의 반탄강기가 어떤지 상상해 본 적이 있소?"

"그러니까, 몸에 닿는 건 모두 가루가 되어버린다는 거냐?"

"그런 셈이오."

수왕선이 크르릉 하고 목구멍으로부터 억울함을 토하며 중얼거렸다.

"원래부터 우리는 안중에도 없었구나. 어쩐지 여유가 있더라니."

말이 끝남과 동시에 수왕선의 몸이 가루가 되어 무너져 버렸다. 지주요선이나 독심선과는 달리 그는 전신이 강진의 몸에 닿았다. 이미 죽은 것이다.

강진은 검을 돌려 가볍게 아래쪽에 있는 독심선의 가슴을 찔렀다. 평범한 동작이었지만 독심선은 피할 수 없었다.

"사실은 항상 그런 게 아니고, 전신의 기를 이용해서 일순간만 그렇게 된 거요."

강진이 다시 말했다. 그러자 지주요선은 이제야 이해할 수 있다는 듯 환하게 웃으며 고개를 끄덕였다.

"맞아. 잠시라면 그럴 수 있지. 그러니까 우리가 진 건 그대에게 동시에 공격을 가 했고, 또 그 순간을 그대가 알게 했기 때문이군!"

"필사의 공격을 하면서 그 순간을 상대에게 들키는 건 고수가 할 짓은 아니지 않소."

"응, 우리가 너무 힘을 모으는 것에만 몰두해서 기본을 잊었네."

지주요선이 다시 고개를 끄덕이더니 손을 들어 스스로 머리를 부수었다. 퍽 하는 소리와 함께 지주요선의 몸이 땅에 떨어졌다.

강진은 조용히 땅에 내려섰다.

방금 전까지 생사투의 열기와 광기로 가득 찼던 곳이었지만 지금은 적막함만 남아 있을 뿐이다.

"후, 삼선이 죽었으니 이제는 밖으로 나가 뒤처리만 하면 되는 것인가?"

강진은 일단 주변을 살폈다. 삼선이 있던 방을 비롯해 몇 개의 석실이 주변에 있었다.

그 안에는 그야말로 마선도가 오랜 기간 동안 쌓아 올린 업적이 모두 있었다.

전대 마선들의 중원 행보를 기록한 문서들과 마선도의 최고 무공 비급들, 그리고 각종 병법서나 환술서 등도 있었다.

또한 병기고에는 비급을 익히는 데 필요한 신병이기가 모두 구비되어 있었다.

그러니까 마인들 중 관문을 통과하여 일단 이곳에 온 자는 마선도의 정수가 되는 무공과 술법 등을 익히면서 팔한지옥에 도전하게 되어 있는 모양이다.

일단 팔한지옥에 한 번이라도 도전하면 인격에 영향을 받기에 헤어날 수 없는 길에 들어선 것이 되지만 마인들은 그걸 모르고, 또 안다고 해도 피하려 하지 않았을 것이다.

강진은 잠시 고민하다 안에 있는 서책들 중 대부분을 파괴했다. 특히 전대 마선들의 기록은 하나도 남기지 않았다.

강진은 남은 서책을 병기를 담아두었던 상자에 차곡차곡 챙겨 넣었다.

마공이라 할 수 없는 무공들과 술법들만 남겼는데도 큰 상자로 하나가 가득 들어갔다.

병기들도 이상한 건 모두 부쉈다. 비교적 평범한 검이나 창 같은 무기 중 좋은 것들만 십여 자루 남겨서 따로 챙겼다.

"이것으로 일단 마선은 사라진 셈이다. 내가 이대로 떠나도 더 이상 마선도에서 중원을 해할 자가 오지는 않을 것이다."

　문제는 마선도의 사람들이다.

　마공을 익힌 자들, 아니면 섬을 떠날 것을 포기하고 그냥 평범한 삶을 사는 자들. 이들을 어떻게 할 것인가?

　가장 편한 것은 그냥 떠나는 것이다. 이들에겐 이들의 삶이 있으니 알아서 마선도 내에서 살아갈 것이다.

　아니면 이들에게 마선도의 저주에 대한 비밀을 가르쳐 줘도 된다. 그러면 떠날 자들은 떠나고 남은 자들도 얽매이지는 않게 되니 나쁘지 않다.

　하지만 마공에 젖은 자들이 마선도를 떠나면 그것 또한 곤란하다. 기본적으로 이들은 중원에 대해 원한을 가지고 있었다.

　"생각을 좀 더 해봐야겠군."

　강진은 일단 밖으로 나가기로 했다. 마인들의 상태를 보고 다시 결정을 내려도 늦지 않았다.

第七章
천룡재건(天龍再建)

赤布龍王

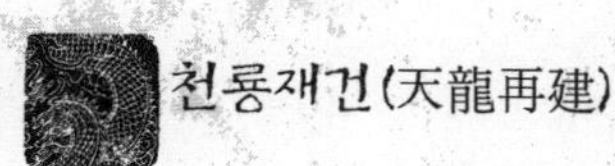
천룡재건(天龍再建)

　　오늘도 적포천존은 마선도 삼층에 사는 마
인들을 학대하고 있었다.

　　이제 마인들은 과거의 자존심 따위는 모두 몸 밖으로 출장
시켜 버리고, 오로지 적포천존의 손짓 하나하나에 헐떡이며
기초 무공 초식 수련을 행했다.

　　가끔씩 그들 중에 재치있는 자들이 쓸만한 반찬을 만들어
바친다거나 적포천존이 깔고 앉을 방석이나 이불을 만들어서
하루씩 수련을 면제받기도 했다.

　　하지만 영원한 면제는 없었다. 마인들은 이런 생활이 언제

까지 계속될지 알 수 없어 하루하루를 절망과 좌절 속에서 죽지 못해 살고 있었다.

그사이에 이층에서 삼층으로 올라온 불쌍한 마인이 또 하나 있었는데, 그는 상황 판단을 못하고 끝까지 적포천존에게 반항하다 안타깝게 인사불성이 되어 구석에 처박히게 되었다.

이제 마인들은 적포천존의 성격을 확실하게 파악했다.

적포천존은 남을 부릴 때 결코 사정을 봐주는 성격이 아니었다. 알아서 빠릿빠릿하게 움직이지 않으면 아주 좋지 않은 상황에 처할 수 있었다.

"그나저나, 왜 아무도 안 나오는 거냐?"

적포천존은 시간이 너무 흘렀음을 알고 짜증을 평소의 다섯 배쯤 부렸다.

하루만 더 지나면 직접 땅굴 속으로 들어가기로 마음먹었다. 그만큼 기분이 나빠진 것은 어쩔 수 없다.

"콩, 내 중원에 나가면 땅굴을 파고 사는 놈들은 모두 생매장시켜 버릴 것이다. 아니, 세상에 있는 동굴을 모두 무너뜨려 버릴까?"

제자만 아니었으면 이미 이곳도 무너뜨렸을 거라고 이를 가는 적포천존이었다.

"호, 그러고 보니 동굴을 무너뜨리는 것도 재미있겠는데?"

　중원에는 적지 않은 굴이 있다. 이미 세상에 적수가 없는 적포천존은 이제부터 무엇을 할까 하고 고민하는 면이 조금 있었다.

　그런데 고민을 하다 문득 떠오른 동굴 무너뜨리기가 나왔다. 이것도 나쁘지 않다는 생각이 들었다.

　"그렇지. 천하에 아무리 기인이사가 많다고 해도 모든 동굴을 다 매워 버릴 생각은 나밖에 못할 거야. 할 수 있는 사람도 나밖에 없을 거고."

　지하 동굴 중에는 산 하나에 깔릴 만큼 넓고 복잡한 것도 있다. 사람의 힘으로 그걸 무너뜨리는 것은 정말 쉽지 않다. 황제쯤 되어야 권력의 힘으로 만인을 동원해 작업할 수 있을 터이다.

　하지만 적포천존은 그걸 혼자서 할 수 있을 것 같았다.

　"재미있겠는데?"

　좋은 생각이라는 느낌에 약간은 짜증이 가셨다.

　"나를 불쾌하게 하는 놈은 다 제거당해 마땅하지. 그게 사람이든 귀신이든 동굴이든. 암."

　적포천존은 마침내 반쯤 결정을 내렸다. 이제 중원의 동굴들은 유례없는 수난을 당하게 생겼다.

　"그나저나, 내가 들어가려면 먼저 이놈들을 다 처리해야 하는 건가?"

적포천존은 한쪽 구석에 널브러져 있는 마인들을 보았다. 막 오전 기초 수련이 끝나 일어서기는커녕 숨을 쉴 기력도 충분치 않은 자들이다.

그동안 괴롭히다 보니 약간은 정이 든 모양이다. 처리해야 한다고 생각하니 조금 미안한 느낌도 들었다.

어떻게 할까?

이런저런 생각을 하던 적포천존은 아래쪽에서부터 무엇인가 다가오는 느낌에 몸을 일으켰다.

"오호, 이제 나오는 건가?"

땅속이라 자세히 느낄 수는 없지만 뒷골이 묵직해질 정도의 압력이다.

이건 거물이다. 적포천존은 입가에 미소를 지으며 손가락을 부드득 꺾었다.

그르르릉.

석실의 문이 열리고 강진이 나왔다. 그걸 본 적포천존의 미간이 살짝 찌푸려졌다. 괜히 꺾인 손가락에게 미안해지는 순간이다.

"사부님!"

강진이 약간 놀란 표정으로 얼른 절을 했다.

적포천존은 그만 일어나라고 손을 휘휘 저은 후 물었다.

"혹시 아래에서 쓸만한 무공 가진 놈 셋 못 보았냐? 내 여

길 정리하다 보니 제일 센 놈 셋이 그 속으로 들어갔다고 하
더라."

"아, 사부님께서 이미 마선도를 정리하셨군요. 삼선이라면
제자가 처리했습니다."

"그래?"

적포천존은 뒷짐을 지고 돌아서서 하늘을 보았다.

'이런, 제기랄. 제자 놈한테 생색 한번 내기가 왜 이리 어
렵냐.'

기껏 쫓아왔는데 결과는 이렇다. 두목 급은 강진이 처치하
고 적포천존은 잔당만 제압한 형국이다.

적포천존은 왠지 모르게 서글픔을 느꼈다. 제자만 아니었
으면 한 대 딱 때려주고 싶을 정도로 얄밉다는 생각도 살짝
들었다.

"그건 그렇고."

적포천존은 어느새 표정 관리를 하여 엄숙한 얼굴로 돌아
서서 물었다.

"너 어쩌다 그렇게 세진 거냐?"

적포천존의 눈빛은 진지했다.

강진의 몸에서는 어떤 기도도 흘러나오지 않았다. 그럼에
도 불구하고 적포천존은 강진이 지하에서 올라오기 전부터
압력을 받았다.

이렇게 직접 눈으로 보니 이건 인간 같지 않다는 생각마저 들었다. 사행신마도에서 본 강진과는 또 달랐다.

어떻게 이놈의 제자는 볼 때마다 달라질까? 특히 이번에는 정말 심각한 정도다.

어쩌면?

순간적으로 엄한 생각이 머릿속을 스치고 지나갔다. 적포천존은 피식 웃으며 말했다.

"내 삼십 이후로 승리를 장담할 수 없는 적은 만나지 못했는데, 오늘 만났구나."

"사부님!"

강진은 즉시 바닥에 꿇어 엎드려 적포천존에게 절을 했다.

지금 적포천존은 강진에게 적이란 표현을 썼다. 이게 얼마나 위험한 사태인지 강진은 지난 세월의 경험으로 뼈저리게 알 수 있었다.

"제자가 어찌 감히 사부님과 견줄 수 있겠습니까?"

강진은 차라리 날 그냥 죽이쇼, 하는 자세를 취했다. 이것이야말로 적포천존이 더 이상 딴생각을 하지 못하게 하는, 이른바 원천봉쇄 작전이다.

적포천존은 고개를 절레절레 저으며 다시 손을 저어 강진에게 일어나라는 표시를 했다.

"됐다. 내 그렇게까지 무분별한 사람은 아니다. 제자인 네가 세진 건 기뻐해야 할 일이지."

강진은 적포천존을 존경하고 믿지만, 싸움에 대해서라면 무분별한 구석이 있다고 살짝 생각했다. 하지만 일단 적포천존이 일어나라고 하니 얼른 일어나 다시 공손하게 섰다.

"사실 제자가 익힌 무공은 싸움을 위한 것이 아닙니다. 그런 만큼 사부님의 가르침에는 조금 어긋난 점이 있습니다. 제자를 용서해 주십시오."

"오호, 혹시 너 신승 영감을 만난 거냐?"

"예."

"그럼 넌 무공을 왜 익힌 건데?"

적포천존의 물음에 강진은 잠시 초심을 기억하기 위해 입을 다물고 있다가 이윽고 결론을 내렸다.

"오래 살려고요."

"푸하하하하하하!"

생각해 보니 강진의 말이 맞다. 원래 강진은 전신기혈이 뒤틀린 병에 걸려 있었다. 그걸 적포천존이 치료해 주고 무공을 가르쳐 준 것이다.

강진은 다시 말했다.

"원수도 갚고, 가문도 다시 일으켜 세우고, 또 가족도 지키고 말입니다. 그런데 제가 어떻게 사부님과 싸우겠습니까?"

"쯔읍. 알았다, 알았어. 너랑은 싸우자고 안 할 테니 염려 마라.”

적포천존은 뒷짐을 지고 다시 하늘을 보았다.

“그러고 보니 나도 너랑 크게 다를 바 없구나. 어렸을 때에는 먹고살기 위해 싸웠고, 성장해서는 보기 싫은 놈 때려잡으려고 싸웠지.”

거기까지는 비슷하다면 비슷한데, 다음부터는 조금 다르다. 적포문의 무공을 익힌 후에는 거의 순수하게 강해지는 게 좋아서 무공 수련을 했다.

강진처럼 원수를 갚는다거나 명예나 권력 따위를 위해 수련을 한 적은 없다.

강진은 미소를 지으며 적포천존에게 말했다.

“진정으로 강해지기 위해서는 강함 자체에 매력을 느껴야 하는데, 아무래도 제자는 그런 점이 부족한 것 같습니다. 앞으로 백 년을 더 수련해도 더 이상 발전할 것 같지는 않습니다.”

“당연하지. 지금보다 더 세지면 난 어쩌라고? 그리고 넌 다른 방면으로 충분히 발전할 거 아니냐? 어쩌면 정말로 신선이 될지도 모르지.”

“제자가 이래 봬도 욕심이 많아서 신선이 되기도 힘들 겁니다.”

“그건 그렇겠다. 넌 대종사나 교주 같은 거 해 먹어라.”

강진은 사양하지 않았다.

"그래야지요."

적포천존은 웃는 눈으로 강진을 보았다. 그 자신과는 다르게 제자는 사람들을 모아 이것저것 하는 걸 싫어하지 않으니 그걸로도 훌륭했다.

"참, 그리고."

"예, 말씀하십시오."

"줬다가 뺏는 건 별로 좋아하지 않지만, 그 옷 다시 내놔라. 너한텐 안 어울리는 것 같다."

"그러지요."

강진은 입고 있던 백포 장삼을 벗어 적포천존에게 주었다. 적포천존은 히죽 웃고는 입고 있던 빛바랜 장삼을 벗고 백포를 입었다.

수십 년 동안 입고 다닌 옷이다. 다시 입으니 이 옷이 얼마나 편안한 느낌을 주는 고급 옷인지 새삼 느꼈다.

"색이 마음에 안 드는군."

적포천존은 살짝 인상을 찡그리며 전신의 기를 개방했다.

그러자 옷이 파르르 떨리더니 점점 색이 변하기 시작했다. 원래부터 살기에 반응하여 붉게 물든 옷감이었다. 그동안은 강진의 맑은 기 때문에 하얀색이 되었을 뿐이다.

붉은색, 역시 적포천존의 색은 명호와 같이 피처럼 붉었다.

"이제 되었군. 크하하하하하."

"어울리십니다."

"당연하지. 내 그동안 다른 옷을 입어도 항상 마음에 차지 않았다."

한차례 웃음을 터뜨린 적포천존은 장삼을 벗은 강진의 모습을 보았다.

장삼 안의 평상복도 역시 하얀색인 강진의 모습은 아직 이십대 초중반이라, 훤칠한 키와 호리호리해 보이는 체격이 산뜻한 느낌을 자아냈다.

얼굴은 보기 드문 미남형인데 눈빛과 표정 또한 매력이 있으니 웬만한 처녀는 한 번 보면 절대로 잊지 못할 만하다.

외모나 복장뿐만 아니라 안에 품고 있는 힘과 기도는 적포천존도 쉽게 가늠할 수 없을 정도이니 정말 신룡과도 같다고 할 수 있었다.

적포천존은 미소를 지으며 수염을 쓰다듬었다. 그래도 제자 하나는 잘 길렀단 생각이 뇌리를 스쳤다.

마음대로 돌아다니고 하고 싶은 일을 다 하는 것은 적포천존 자신만으로 족하다.

원래 강진을 받아들인 이유 중 하나가 스승을 위해 무림에 명성을 쌓고 여러 가지 일들을 처리하게끔 하기 위함이었다.

그런 점에서 적포천존은 애초의 계획에 딱 맞는 완벽한 제자를 기른 셈이다.

"천룡이구나. 넌 정말 인중룡이라 할 만하다. 아니, 인중룡이란 말이 요즘 좀 흔하지. 네 녀석은 용중왕이다."

"과찬이십니다."

"쿵, 너무 겸손해도 사람 기분이 나빠질 수 있다. 내 네 녀석의 나이 때에는 그런 경지는 꿈도 못 꿨다."

"중요한 것은 현재 아니겠습니까?"

"그렇긴 하지. 하여튼 넌 여러 가지 의미로 이미 나보다 나은 점이 많다."

아까 강진이 말한 것처럼 무공은 단순한 싸움 기술이 아니다.

적포천존은 과거 신승을 보고 그걸 깨달았는데, 이번에 제자인 강진을 보고 새삼 정종무학이 추구하는 길에 대해 감탄했다.

하지만 적포천존은 때려죽여도 그쪽 길을 갈 생각이 없었다. 그는 무공을 그냥 싸움 기술로 생각하는 게 좋았다.

"그런데 사부님."

강진은 분위기가 좋아지자 화제를 바꾸었다.

"응, 뭐냐?"

"혹시 여기 오신 지 오래되셨습니까?"

"꽤 됐지. 네 녀석이 이곳에 온 다다음날 왔다."

"음, 그렇다면 마선도의 물을 마셨겠군요."

"당연히 마셨지. 내가 뭐 하러 갈증을 참겠냐?"

적포천존의 대답에 강진은 정색을 하고 조심스럽게 말했
다.

"사실 마선도의 물에는 저주가 깃들어 있어서 삼 일 이상
이곳의 물을 마신 사람은 평생 주기적으로 이곳 물을 마셔야
합니다."

적포천존은 참을 수 없어 웃음을 터뜨렸다.

"푸하하하핫! 너도 속았냐? 그거 다 뻥이다. 이놈의 마선도
떨거지들이 어디서 그런 거짓말을 지어낸 건지 모르겠지만
내 다 시험해 봤다. 완전 새빨간 거짓말이야."

혹시 이 똑똑한 체하는 제자도 속아서 여태 물도 못 마시고
있었던 건가? 그러느니 딱 사흘 못 먹고 못 마신 내가 훨씬 나
은 거지.

'역시 자기 머리 좋다고 과신하는 놈이 더 잘 속는 법이지.
크카카카카.'

적포천존은 생각하면 할수록 웃겨서 다시 웃음을 터뜨렸
다.

"아니, 저기."

강진은 난처했다.

그가 생각하기에 이건 거짓이 아니다. 거짓이라면 그렇게

오랜 세월 동안 마선도의 주민들이 섬 밖으로 나가지 못하고
갇혀 살았을 리가 없다.

그런데 적포천존은 아주 거짓말이라는 걸 확신하고 있는
눈치다. 그러니 대놓고 진짜라고 주장할 수도 없다.

무엇보다 강진이 직접 경험한 일은 아니다.

'응? 그러고 보니 사부님께서 실험을 하셨다고?'

강진은 적포천존에게 물었다.

"사부님, 그럼 사부님께서는 이곳 물을 삼 일 이상 드셨고,
다시 삼 일 이상 물을 끊어보셨다는 건가요?"

"그래, 내 혹시 몰라서 밥도 안 먹고 버텼는데 멀쩡하더라.
아, 젠장. 생각만 해도 또 열이 받네."

적포천존이 고개를 돌려 마인들을 노려보자 한쪽 구석에
서 눈치만 보던 마인들이 얼른 머리를 숙여 시선을 외면했다.

그래도 요 며칠 동안은 수련에 익숙해져서 조금 편해졌다
할 수 있었는데, 만약 적포천존이 그때의 분노를 되살려 수련
의 강도를 높이면 어떻게 하나 하는 걱정이 그들의 가슴속에
가득 찼다.

강진은 이번에는 다른 사람이 듣지 못하도록 전음입밀의
수법으로 물었다.

"사부님, 혹시 술 담그셨어요?"

"잉? 갑자기 웬 전음이냐? 아무튼 술은 담갔다. 물이 좋아

서 그런지 꽤 맛있더라."

"아, 저기요. 제자가 안에서 관문을 통과하니 저주를 벗어
나는 방법이 적혀 있었는데 말입니다. 그게 이곳 물로 술을
담가서 삼 일 이상 마시면 된다고 하더라고요. 중요한 건 술
을 끊고 다시 삼 일 이상 물을 마시면 또 저주에 걸리고요. 아
무튼 하루에 한 잔씩이라도 술을 마시면 삼 일 후에는 저주가
풀리는 거지요."

"오잉? 그럼 정말 저주가 있긴 있는 거냐?"

"그러니까 이곳 사람들이 밖으로 나갈 수 없었겠지요."

강진이 팔한지옥을 넘어서서 본 마선을 위한 책자에 적혀
있는 저주를 벗어나는 방법은 의외로 간단한 것이었다. 어떤
일이든 해답은 바로 옆에 있기 쉬운 법이라더니, 물이 저주고
술이 해답이었던 것이다.

적포천존은 그제야 알았다는 듯 고개를 끄덕였다.

"하기야 술 담그는 걸 조상 대대로 엄히 금해왔다고 해서
뭐 이런 재미없는 동네가 다 있냐 하고 한탄하던 참이다."

"그렇군요. 이곳 사람들도 참 재미없게 살았습니다."

강진은 적포천존의 말에 맞장구를 치다가 잠시 생각에 잠
겼다.

'이곳 사람들이 과연 이런 섬 생활을 즐겁게 여길까? 아니
다. 그때 들은 것처럼 섬사람들은 외부로 나가기 위해 그토록

힘든 수련을 견디며 마선이 되려 한다고 했다.'

강진은 시선을 돌려 마인들을 보았다. 그들의 눈에는 더 이상 마기가 느껴지지 않았다. 오직 느껴지는 것은 적포천존에 대한 경외감과 공포심뿐이었다.

"사부님께서 저들을 제압하신 겁니까? 마공이 사라졌군요."

"사라진 건 아니고 금제시킨 거다. 단전에 내 기운을 한 토막씩 찔러놨거든. 내가 그걸 빼주지 않는 한 최소 삼십 년 동안은 내공을 못 쓰는 거지. 크하하하핫."

"그것 나쁘지 않은 방법인데요? 제자가 한번 살펴봐도 되겠습니까?"

"맘대로 해라."

적포천존은 강진의 눈이 초롱초롱 빛나는 것을 보고 이 똑똑한 제자가 뭔가 또 일을 꾸민다고 생각했다. 이럴 때에는 조용히 구경해 주는 게 좋다.

적포천존은 자리로 돌아가 한쪽에 놓여 있는 술병을 들어 벌컥벌컥 마셨다.

아무리 제자를 믿었어도 걱정을 하지 않은 것은 아니다. 단지 땅굴에 들어가기 싫다는 이유만으로 시간을 끈 게 미안하기도 했다.

아무튼 이렇게 실제로 살아 돌아왔으니 축배를 들 만한 일이다.

그사이 강진은 마인들에게 다가갔다. 그는 품속에서 한 가지 물건을 꺼내 그들에게 보였다.

마인들 중 몇이 그걸 알아보고는 크게 놀라 외쳤다.

"그, 그것은 달기선법이 아닙니까?"

그들은 강진의 나이가 어떻든 간에 존대를 했다. 적포천존에게 당한 게 하도 커서 제자인 강진도 더불어 위험한 대상으로 뇌리에 각인되고 있었다.

강진이 꺼내 든 것은 거북이 등껍질에 새겨진 달기선법이었다. 이것이 마선도의 사람들에게 있어 어떤 권위가 있는 물건인지는 그 옆에 자세히 적혀 있었다.

강진은 위엄있는 표정을 지은 채 반말로 말했다.

"그렇다. 본인은 이미 출마관의 비밀을 풀어 초마가 되었다."

"아아, 그런 일이 실제로 일어날 수 있다니!"

"초마시여."

갑자기 마인들이 일제히 절을 하기 시작했다. 구경을 하던 적포천존은 킁 하고 코웃음을 치고 다시 술을 마셨다.

강진은 말했다.

"원래 달기 선인께서 너희들의 선조에게 기대한 것은 새로운 시대의 질서를 바로잡고 세상을 평화롭게 하는 일이었다.

그러나 모사재인 성사재천이라, 처음 계획과는 다르게 일이 진행되어 너희들이 설 곳이 없어진 것이다.”

마인들은 이미 이런 선조의 역사에 대해 잘 알고 있었다. 그러나 그들은 묵묵히 강진의 말을 들었다.

출마관에 들기 위해서는 강기를 사용할 수 있는 경지에 올라야 한다. 그리고 출마관을 나와 마선이 되는 것은 그 이상의 무엇인가를 얻었다는 증거이다.

하지만 예언에 내려오는 초마는 출마관을 파하는 자로서 새롭게 마선도의 주민들에게 법을 내리는 존재라고 했다. 당연히 마선보다도 더 높은 경지에 올라 있는 것이다.

이제 마인들은 자신들의 생과 사가 모두 강진의 손에 달려 있음을 안다.

강진이 마선도를 멸하려 하면 마선도의 모든 사람은 죽을 수밖에 없다.

그게 아니더라도 강진이 그냥 떠나면 마선도의 사람들은 영원히 섬을 나가지 못하게 된다.

출마관이 깨어졌으니 이제 더 이상 마선의 탄생은 없다.

강진은 계속 말했다.

“이제 너희들은 과거의 인과에서 벗어나 새로운 길을 걸어가야 할 때가 되었다. 그것은 너희 선조들의 원래 임무와 비슷한 것으로 중원에 나가 중원의 평화와 질서를 위해 노력하는 것이다."

마인들 중 가장 나이가 많은 자가 머리를 땅에 대고 말했다.

"초마께서 그렇게 명하신다면 저희들은 따르겠습니다."

"좋다. 이제부터 너희들은 나의 가신들이다. 너희들은 모두 천룡장 소속이니 앞으로 마선이란 칭호는 잊어라."

"옛!"

일장 연설을 마치고 마인들의 충성 맹세까지 받아낸 강진은 손을 뻗어 마인들의 맥을 짚었다.

세밀하게 내부를 살피니 과연 단전에 마기가 모여 있는데, 그걸 적포천존의 한 조각 내공이 억누르고 있는 상태였다.

천하에 적포천존의 내공을 해소할 사람은 거의 없으니 이들은 평생 내공을 쓸 수 없는 상태가 된 셈이다.

'이자들의 눈에서 마기가 사라진 것은 바로 내공이 금제되었기 때문이다. 그렇다면 마공만 없애면 다시 마기에 사로잡힐 염려는 하지 않아도 되겠구나.'

강진은 자신이 생각한 대로라는 확신을 얻고 고개를 돌려 적포천존에게 말했다.

"사부님, 이자들의 금제를 풀어주십시오."

"쿵, 마공 쓰는 수하를 거두게?"

"아닙니다. 제자가 다시 금제를 할 겁니다. 그 후에 천뢰신기의 변형인 천뢰세심이란 내공심법을 수련시키면 아마 몇 년 이내에 마기를 모두 씻고 정순한 내공으로 변화시킬 수 있을 겁니다."

"오호, 그런 방법이?"

강진의 말대로라면 나쁘지 않다. 적포천존은 한 손에 든 술병을 내려놓고 양손의 손가락을 비파 튕기듯 튕겼다.

투투투투툭.

마인들의 몸이 격공지에 적중되니 하나같이 신음성을 내며 땅에 쓰러졌다. 급격한 내공의 해방에 어지러움을 느끼는 듯했다.

강진은 마기가 다시 몸에 퍼지기 전에 다시 손을 써서 그들의 단전에 천뢰신기의 조각을 심었다.

작업이 끝나자 강진은 다시 마인들에게 말했다.

"너희들의 몸속에 있는 마공은 하루아침에 사라지지 않는다. 하지만 내가 가르쳐 주는 내공심법을 꾸준히 수련하면 몇 년 이내로 마공을 정화하여 새로운 성질로 변화시킬 수 있을 것이다. 그럴 경우 내가 지금 심어놓은 기운도 모두 너희들의 것이 된다. 하지만 반대로 계속해서 마공을 수련한다면 결국은 몸의 기혈이 모두 뒤틀려 죽게 될 것이다."

강진의 말에는 한 치의 거짓도 없었다. 마인들은 일제히 알았다고 대답했다.

"그럼 이제부터 아래층에 있는 자들도 모두 제압하여 너희들처럼 마공을 쓰지 못하게 하겠다. 설명은 너희들이 대신해서 해라."

"옛."

보고 있던 적포천존이 캬 하고 감탄성을 발했다.

"딱 일각 만에 세력을 하나 만들어내는구나. 이걸로 천룡교를 재건한 거냐?"

"그런 셈이지요. 천룡교의 역사는 마선의 발호와 함께하니 이제 재건은 마선도의 종말로 이루어지는 것이 좋다고 생각했습니다."

"말을 그럴 듯한데, 아무튼 몇 년 내로 제법 쓸만한 놈들을 대거 영입한 거대 방파가 생겨나겠구나. 아니, 거대 종교 집단인가? 너는 강 교주가 되는 거구나. 크하하하핫."

"너무 놀리지 마십시오."

강진은 쑥스러운지 손으로 머리를 긁적이며 대답했다. 마인들 앞에서 기껏 세운 위엄이 사부 앞에서는 봄바람에 날리는 민들레 꽃씨보다 가볍게 사라졌다.

그 후 삼 일에 걸쳐 강진의 마선도 마인 제압 작전이 펼쳐졌다. 이미 대항할 상황이 아니었기에 제압 작전은 순조롭게 마무리되었다.

강진은 마선도의 모든 기관을 해제하고 사람들을 가장 아래쪽에 있는 해안가에 모였다.

마공이 금제당하니 공교롭게도 가장 아래쪽에 있는 사람이 가장 기력이 충만하고, 그다음에는 일층이 나이가 젊어서 기운이 있었다.

이, 삼층의 경우는 대부분 중장년이 지난 사람들이고 내공마저 소실된 상황이라 보통 사람과 별로 다를 바가 없었다.

하지만 초식이나 무공에 대한 이해는 위층과 아래층이 상대가 안 될 정도니 역시 내공을 쓸 수 없어도 삼층에 있었던 자들이 가장 강했다.

그들은 하나같이 강진의 말에 복종했다. 불만이 있는 자들도 있겠지만 전설과 대세가 모두 강진을 밀어주고 있는 상황이라 감히 대놓고 강진에게 반항할 엄두도 내지 못했다.

강진은 사람들에게 천룡교의 무공을 가르쳤다.

특히 천뢰세심의 심법을 내공운기법으로 변화시켜 그것을 근간으로 삼게 했는데, 천뢰세심은 마음의 일그러짐을 막아주고 몸속의 독기를 녹여 자신의 내공에 더하는 묘용이 있기에 이들에게 있어 가장 적합한 운기법이라 할 수 있었다.

한편 강진은 사람들로 하여금 섬의 나무를 베어 커다란 배를 만들게 했다.

원래 마선도에는 상당히 뛰어난 선박 제조술이 전해져 내려오고, 또 시간이 흐를수록 발전해 왔다.

　그동안 장기 항해를 할 수 있는 배는 마선만이 이용했는데, 강진은 섬사람을 전원 데리고 나갈 생각이었기에 배를 여러 척 제조해야 했다.

　배를 제조하는 데에는 적지 않은 시간이 걸린다. 특히 장기 항해를 할 배라면 정말 큰 성을 쌓는 것과 비슷할 정도로 복잡하다.

　삼 개월 동안 강진과 적포천존은 마선도에 머물렀다. 그사이 강진은 천룡교의 교도들이 된 마선도 주민들에게 직위를 내려 조직 체계를 갖추었다.

　또 이들의 성향이나 적성에 따라 따로 알맞은 무공과 검진 등을 가르쳤다.

　무공뿐만 아니라 기환술이나 진법, 그리고 안에서 들고 나온 기관학에 대한 것도 따로 사람을 나누어 공부하게 하니 천룡교는 무공과 학문, 그리고 도술이 모두 일류라 할 수 있었다.

　이제 마선도 주민들은 완전히 강진에게 복종하게 되었다. 강진을 살아 있는 신으로 모시고 그의 말이라면 죽음도 불사할 정도가 되었다.

　하지만 강진이 그들에게 항상 명하고 가르치는 것은 중원에 가서 선행을 해야 한다는 것. 그리고 강할수록 겸손하여 약자를 위해 희생해야 한다는 것이었다.

“천하를 바꾸려 하지 말고, 가까운 사람에게 조금이라도 도움이 되어야 한다. 세상이 지옥이라도 서로 돕고 의지할 사람이 있다면 지옥 가운데에 낙원이 탄생한다. 높은 자리에 있는 자는 사람들을 누르려 하지 않고 반대로 끌어올려 같이 즐거움을 누리는 것이 옳다.”

또한 강진은 삼층에 있던 자들과 매일같이 토론을 벌였는데, 그 주제는 강호의 협행에 대한 것이었다. 자연스럽게 그들의 의식이 어떻게 하면 세상을 이롭게 할까로 쏠리게 만든다는 게 목적이었다.

하지만 강진은 이들이 강호의 표면에서 활발하게 활동하는 것을 원치 않았다. 이들의 정체가 정체이니만큼 만약 그 사실이 밝혀지면 복잡한 은원 관계가 형성될 게 뻔하다.

말하자면 이들은 해적왕 일파이고, 천하에 해적왕과 씻을 수 없는 원한을 지은 자들이 깔려 있기 때문이었다.

강진은 이들에게 은밀한 행동을 하기 위한 규칙을 정해주었다. 결국 마선도 사람들은 천룡교의 주축이지만 보이지 않는 힘이 될 운명이었다.

배가 모두 완성된 날, 강진은 크게 연회를 베풀고 하늘에 마선도의 새로운 출발을 알리는 제사를 지냈다.

그 후 강진은 정식으로 마선도 사람들 한 명 한 명에게 천룡교에 입교하겠다는 맹세를 받고 마선도의 저주를 풀어주는 의식을 행했다.

연회는 삼 일에 걸쳐 이루어졌는데, 그때 마선도 사람들은 처음으로 술이라는 것을 마셔보았다.

이제 그들은 수행자가 아니니 술을 금지하지 않아도 된다. 과거의 사슬에서 벗어난다는 의미에서 모두 술을 마셨다.

이후에도 매년 이때에는 삼 일 동안 매일 술을 삼 배씩 마시는 의식을 하기로 했다.

그렇다. 강진은 사람들에게 마선도의 저주를 푸는 방법을 가르쳐 주지 않았다. 사람들은 그저 강진의 주문이나 특수한 무공에 의해 저주가 풀렸다고 믿었다.

반대로 강진이 화를 내면 그들은 다시 저주에 걸릴지도 모른다고 생각했다. 사람들은 하나같이 강진을 경외하고 신처럼 떠받들었다. 그들이 보기에 강진은 사람이 아닌 선인이었다.

"클클클, 너 이제 보니 소질 있구나? 아예 천룡신교를 중원 전역에 퍼뜨려 보지 그러냐?"

적포천존은 웃으며 말했다. 그는 강진이 사이비 종교 조직의 수괴가 된다고 해도 전혀 거리낄 것이 없었다.

만약 강진이 어린아이를 제물로 바친다거나 모든 여자 교도들을 독차지한다거나 하는 등 정말로 사이한 짓을 한다면

기분이 나쁘겠지만 적포천존이 보기에 강진이 그럴 리는 조
금도 없었다.

강진은 씁쓸하게 웃으며 말했다.

"이 사람들이 앞으로 중원에 나가면 적지 않은 험한 일들
을 경험하게 될 겁니다. 무엇보다 이들은 중원의 사상과 관습
과 전혀 다른 행동방식을 지니고 있으니 자칫 잘못하면 큰일
을 당할 수도 있지요."

"설마 네 밑에 있는데 그런 꼴을 당하겠냐? 내가 보기에 세
상이 천룡교를 무서워하지 천룡교가 세상을 무서워할 필요는
없어 보이는데."

"그게 오히려 더 좋지 않습니다. 이 사람들이 이상한 행동
을 해도 다른 문파 사람들이 제재나 항의를 하지 않고 속으로
불만만 쌓으면 천룡교는 악명을 쌓게 될 테니까요."

"그건 그렇구나."

"그러니 당분간 이들의 의식을 굳게 단속해 둘 필요가 있
습니다. 중원에 적응하여 생활에 뿌리를 내릴 때까지는 여전
히 수행자 노릇을 해야 할 겁니다."

강진은 잠시 말을 멈추었다 다시 말했다.

"저주에서 완전히 벗어날 수 있는 것은 바로 이자들의 후
손이겠지요. 아무래도 이자들은 천룡교의 울타리 안에서 생
활해야 할 겁니다. 그러기 위해선 진심으로 저에게 복종을 하

지 않으면 안 됩니다.”

“누가 뭐랬냐? 마음대로 해라. 난 네가 순식간에 사람들을 완벽하게 제압하는 것을 보고 감탄했을 뿐이다. 클클클.”

적포천존은 웃었다. 그 웃음에 강진은 한숨을 내쉴 수밖에 없었다.

원래 강진은 천룡교가 아닌 천룡장을 세우려 했다. 종교적인 색채는 사람을 속이는 면이 있어 강진의 마음에 들지 않았다.

애초에 천룡장이 천룡교로 변한 것은 마선도를 상대하기 위해 사람들의 행동을 은밀하게 하기 위함이었다. 마선도도 사라졌으니 천룡장을 재건하는 것이 옳다.

하지만 마선도의 사람들을 받아들이며 강진은 계획을 바꾸었다. 아무래도 이들은 위험했다.

마선도 사람들의 마음속엔 천하의 주인이 자신들이라는 생각이 깔려 있었다.

그들의 선조가 천하를 잡으려다가 배반을 당해 모든 것을 잃고 이곳에 왔다는 것을 어릴 때부터 배워왔기 때문이다.

그리고 내공을 제압당해 마기가 움직이지 않게 되었다곤 해도 그동안 마기의 영향을 받은 성격이 완전히 사라진 것은 아니다.

기억은 항상 마공을 잊지 않고 있다.

억지로 천뢰세심을 익히게 했지만, 천뢰세심이 완전히 이들에게 자리를 잡을 때까지 무슨 수를 써서든 이들이 다른 마음을 가지지 못하게 해야 한다.

'역시 쉽지 않구나. 하지만 이것이 최선이다. 이들을 버릴 수는 없으니 취해야 한다.'

강진은 마음속으로 다시 한 번 다짐했다. 품속에 있는 달기선법이 묵직한 느낌을 주었다.

문득 자신과 하나가 되어 사라진 강연 누님이 생각났다. 그녀는 왜 마지막에 마선도 사람들을 부탁했을까?

어쩌면 강연은 강진의 숨겨진 인격 중 하나가 아닌 달기의 환영일지도 모른다는 생각이 들었다.

하지만 이제는 어느 것이 진실인지 알 수 없게 되었다. 알 필요도 없었다.

드디어 마선도를 떠나는 날이 왔다. 열두 척의 배에 사람들이 올라타고 식량과 물도 실었다. 이런 면에 있어서는 강진보다 마선도 사람들이 더 아는 바가 많았기에 강진과 적포천존은 그냥 수좌선에 타기만 하면 되었다.

적포천존은 눈앞에 펼쳐진 넓은 바다를 보다가 갑자기 한숨을 내쉬었다.

"내 올 때는 흑산을 타고 왔는데 돌아갈 때는 배를 타야 하는구나.”

“사부님, 흑산이 무엇인가요?”

“아, 너한테 말 안 해줬나? 내가 사행신마도에 있을 때 거둔 고래다. 제법 영리해서 말을 잘 들었는데, 그 뭐냐, 지하수로로 들어올 때 두고 왔다.”

“고래란 말입니까?”

“그래.”

강진은 속으로 웃었다. 과연 이 사부님은 예측할 수 없는 바가 있어서 고래도 잡아 길들이는구나 하고 생각했다.

하지만 적포천존은 흑산의 생각에 기분이 울적해진 모양이다. 강진은 다시 조심스럽게 물었다.

“길들인 놈이라면 다시 그곳에 가면 있지 않을까요?”

“모르지. 아마 힘들 것 같다. 원래 영물인 놈이라면 한 번 주인을 정하면 평생 바꾸지 않겠지만 그놈이 영물은 아니니까 말이다. 어느 정도 시간이 지나면 야성으로 돌아가 날 잊어버릴 거다.”

“그래도 한번 가보지요.”

“으음, 그럴까?”

강진이 가자고 권하자 적포천존도 마음이 동하는 듯 거절하지 않았다.

문제는 뱃길이다. 선원들에게 물으니 그곳으로 가는 뱃길

은 모른다고 했다. 마선도에 남아 있는 뱃길은 오직 중원으로
가는 길뿐이었다.

듣고 있던 적포천존이 손사래를 쳤다.

"됐다. 지금은 빨리 중원에 돌아가는 게 중요하니 그냥 가
자. 흑산 그 녀석도 그냥 자기 삶을 사는 게 더 좋겠지."

항해는 그대로 계속되었지만 적포천존은 여전히 울적해했
다. 망망대해를 말없이 바라보며 아무 말 없이 한참을 서 있
었다.

시선이 바다 끝을 향하니 의식도 그곳으로 날아갔다. 적포
천존은 눈에 보이는 모든 바다 위에 의식을 퍼뜨렸다.

수면 위뿐만 아니라 아래쪽까지 그의 감각 영역이 파고들
었다. 바다란 것이 위보다 아래에 훨씬 볼 것이 많고, 의외로
바쁘게 돌아간다는 것은 사행신마도에서 지낼 때 안 것이다.

"어!"

어느 순간, 적포천존은 탄성을 지르며 바닷속 한 지점으로
의식을 집중시켰다. 그곳엔 커다란 무엇인가가 있었는데 바
로 적포천존이 애타게 그리던 흑산이었다.

"흑산아! 이놈아!"

쒜엑.

적포천존의 몸이 붕 뜨더니 흑산이 있는 곳을 향해 일직선
으로 날아갔다. 공기를 가르는 소리가 칼로 비단천을 찢는 것

보다 훨씬 날카롭게 들렸다.

강진도 그대로 있을 수 없어 선원에게 배를 멈추라고 시킨 후 역시 몸을 날렸다.

적포천존은 수면 위에 발을 디디고 서서 물 위로 떠오른 흑산의 눈 옆을 손으로 비비며 즐거워하고 있었다.

"그래, 네 녀석이 나를 찾아온 거냐? 시간이 그토록 지났는데 주인을 잊지 않았단 말이지! 너야말로 영물이다. 암, 영물이고말고. 크하하하핫."

꾸우우우웅.

흑산의 등 위로 물줄기가 뿜어져 나왔다. 정말로 적포천존의 말에 대답을 하는 것 같았다.

적포천존은 강진을 돌아보며 흑산에게 말했다.

"인사해라, 네 작은 주인이다."

꾸웅.

어쩌면 정말 이 고래는 사람 말을 알아듣는지도 모른다고 강진은 생각했다.

"사부님, 정말 똑똑한 고래군요."

"암, 우리 흑산이가 좀 똑똑하긴 하지. 의리도 있고 말이야."

완전 팔불출 부모가 자식 자랑 하는 꼴이다. 강진은 지금 적포천존이 최고로 기분 좋은 상태임을 알았다.

"그럼 사부님은 흑산이를 타고 오시죠. 배를 오래 멈출 수는 없으니 저는 돌아가서 항해를 계속하도록 하겠습니다."

"그래라. 흑산이가 있는데 내가 배를 탈 필요는 없으니까. 식사 때가 되면 갈 테니 밥이나 준비해 둬라."

"예."

강진은 적포천존과 흑산을 그대로 놔두고 배로 돌아왔다.

항해는 계속되었고, 이전과 다른 점은 적포천존이 흑산 위에 타고 있다는 점이었다.

그런데 강진은 적포천존과 흑산의 주변에서 엄청난 기운을 느꼈다.

"적인가!"

강진은 즉시 적포천존이 있는 쪽으로 날아갔다.

적은 없었다. 단지 적포천존이 흑산의 등에 양 손바닥을 댄 채 전신에서 무서울 정도의 기운을 뿜어내고 있을 뿐이었다.

"사부님, 무슨 일이십니까?"

"너 왜 왔냐? 벌써 밥 때가 된 거냐?"

"그게 아니라, 사부님께서 갑자기 기를 발산하셔서서 왔습니다."

"아, 별거 아니다. 흑산이 몸속을 좀 살펴보는 중이다."

"예?"

"이놈이 똑똑하긴 한데 아직 영물이라 할 수는 없지 않느냐. 그러니 내 흑산이 몸에 있는 경혈을 모두 뚫어 영성을 심어볼 생각이다.”

“그런 방법이 있었군요!”

“되면 되는 거고, 안 되면 안 되는 거지만 일단 해봐야지. 정말로 영성이 생기지 않더라도, 경혈이 모두 뚫리면 오래 살기라도 할 거 아니냐?”

“그렇지요.”

영물은 타고나는 것이 아니라 만들어지는 것!

강진은 문득 그런 생각을 했다.

그러고 보니 자신 역시 타고난 몸은 병자에 가까웠지만 적포천존이 시간과 정성을 들여 전신의 경혈을 바로잡아 주어서 무공을 익힐 수 있었다.

“사부님, 그럴 게 아니라 흑산이를 사부님의 제자로 받아들이시는 게 어떻겠습니까?”

“잉?”

“제 옛날 생각이 나서 말입니다. 저도 이 녀석이 동생처럼 느껴집니다.”

“푸하하하하핫, 너도 참 별난 생각을 하는구나. 음, 제자라.”

적포천존은 잠시 생각하다 고개를 저었다.

“이 녀석이 아무리 똑똑해도 무공을 익힐 수는 없을 거다.

그러니 제자는 안 된다."

고래가 사람의 무공을 익힐 수는 없다. 그건 당연하다.

하지만 강진은 다시 말했다.

"정말 영물이 된다면 초식은 몰라도 내공심법은 익힐 수 있지 않겠습니까? 의식적으로 익히는 게 아니라 본능적으로 말입니다."

"쿵, 그게 무슨 소리냐?"

"흑산이의 몸에 경혈을 뚫어주신 후에 매일 두 번씩 사부님께서 진기도인법으로 흑산이의 기를 강제로 돌리는 겁니다. 그러다 보면 아마 자기 스스로도 기를 운용하게 될지도 모릅니다. 안 될지도 모르지만 될지도 모르지요."

강진의 말에 적포천존의 안색이 변했다. 역시 이 제자는 생각하는 것이 남달라서 이럴 때 크게 도움이 된다.

원래 짐승들은 반복적인 훈련을 시키면 어느 정도 후에는 스스로 따라 하는 습성이 있지 않은가?

"흐음, 그건 어쩌면 가능할지도 모르겠는데?"

"그렇지요?"

적포천존은 크게 고개를 끄덕이며 흐뭇한 표정으로 말했다.

"최소한 힘은 세질 것 같다. 덩치도 더 커질지도 모르지. 그 뭐냐, 네 동생인 대근이가 익힌 내공심법 있지 않느냐."

"불괴철혼공 말입니까?"

"그래, 그게 근력을 강화시키는 데에는 아주 쓸만한 수련법이더라. 그걸 흑산에게 한번 시험해 보자."

강진은 잠시 생각해 보고는 미소를 지으며 말했다.

"나쁘지 않겠는데요."

"그렇지? 잘 되면 고래 중에 왕이 탄생할 거다."

"사부님의 고래라면 당연히 그래야지요."

이야기가 잘 마무리되어 적포천존은 새로운 놀잇감을 찾았다.

강진이 평생 적포천존을 모시며 터득한 비결 중 하나는 절대로 사부님을 심심하게 해서는 안 된다는 것이었다.

이제 흑산의 전신 경혈을 뚫고, 내공심법을 익히게 한다는 일이 생긴 이상 당분간은 적포천존이 심심해할 것 같지 않았다.

일단 작전 성공이다.

'이것으로 동굴 문제는 잊어주셨으면 하는데 말이야. 힘들까?'

적포천존이 중원의 지하 동굴을 모두 찾아 무너뜨리겠다고 했을 때 강진은 겉으론 태연한 척했지만 속으로는 무지하게 걱정을 했다.

지하 동굴 중에는 종유석이 아름다운 형상을 이루고 있는 문화재도 있는 것이다.

특히 옛날 수행을 하던 도인이나 승려가 동굴 안에 조각을 해놓은 곳도 있을 텐데 그런 걸 모두 무너뜨리면 어떻게 될까?

거기에 도를 수련하는 문파들 중 아직도 자연 동굴을 개인 수련 장소로 쓰는 곳이 허다하다. 적포천존 성격이 현재 사람이 사용하고 있다고 봐줄 리는 만무하니 그야말로 완전히 날벼락이 떨어지는 꼴이 되기 쉽다.

'사부님 성격에 일단 시작하면 끝장을 보실 가능성이 높으니까 그전에 얼른 다른 일이 생겨야 하는데……'

그래도 지금 적포천존은 흑산에게 무공을 가르치는 일에 몰입하고 있으니 당분간은 다른 일에 신경을 안 쓸 것이다.

'내가 몸을 고치고 무공을 수련하는 데 십 년이 걸렸지. 흑산아, 제발 오래 버텨라.'

강진은 이제는 사제라 할 수 있는 흑산에게 마음속으로 간절히 부탁을 하며 배로 돌아왔다.

그렇게 열두 척의 배와 한 마리의 고래가 중원으로 돌아왔다.

第八章 재해도래(災害到來)

赤布龍王

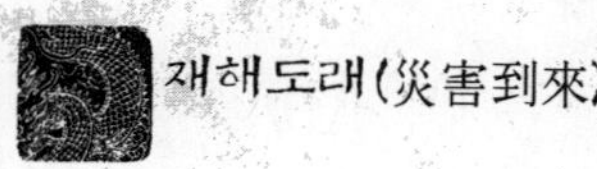

재해도래(災害到來)

　　중원은 새로운 세력 구도를 형성하며 서서히 안정되어 가고 있었다.

　　해적왕도 적포천존도 강진도 없는 세상은 오로지 상식적인 사람 수에 의한 세력비로 힘의 크기를 측정할 수 있었다.

　　대문파들은 그들의 자리를 더욱 공고히 했고, 몰락했던 강남의 세가들은 재건의 기치를 세우고 치열한 하루하루를 보냈다.

　　이제 그들의 적은 해적왕이 아니라 그들 자신이었다. 약한 자는 서지 못한 채 사라지고 강한 자만 남았다.

　반년 정도밖에 안 되는 기간이지만, 사람들은 해적왕의 공포를 잊었다. 아니, 완전히 잊은 것은 아니지만 되도록 생각하지 않으려 하는 마음이 실체화되었다.

　이제 해적왕의 세력은 무림맹의 먹잇감에 불과했다. 숨어 있는 그들을 찾아내어 하나하나 부수는 것이 무림맹의 일이었고, 그런 과정에서 무림맹은 대의명분의 핵심으로 자리 잡았다.

　격변기였다. 특히 무주공산인 강남의 무림은 말도 못하는 혼란기를 앞두고 있었다.

　정식으로 무림맹주가 된 신창 양세방은 요즘 해적왕 잔당 처리보다 강남의 신흥방파들이나 세가들의 마찰들을 조정하는 데 훨씬 더 많은 골머리를 썩고 있었다.

　사람의 욕심이란 것이 참으로 놀라워서 남의 것을 탐하기는 쉬워도 자기 것을 포기하기는 어렵다. 그리고 어중간한 것은 모두 자기 것이라 믿어버리니 분쟁이 끊이질 않는 것이다.

　"조금 더 적극적으로 개입을 하는 것이 어떻겠습니까?"

　군사인 제갈모가 양세방에게 건의했다.

　남궁세가나 제갈세가는 이미 기반을 확실하게 다져 놓았기에 한 지방의 패자가 되었다.

　그들이 자리 잡은 곳에서는 신흥방파가 나타나도 세가의 아래에 줄서기를 할 뿐이지 감히 위를 넘보지는 않았다.

하지만 팽씨세가의 경우는 달랐다.

한번 완전히 몰락한 팽씨세가는 다시 세가를 재건하기는 했지만 아직 힘이 완전치 못했다. 다른 방파들이 팽씨세가를 머리 위에 올리려 하지 않았다.

이에 원래부터 성질이 급하기로 유명한 팽씨세가는 말보다는 손에 든 도로써 모든 일을 해결하려 했다.

팽가의 도법은 중원의 일절이니 확실히 힘으로 주변을 장악하는 것이 가능했다.

하지만 그들도 피해가 없을 수는 없다.

원래 하나를 치면 셋은 대화로 풀어야 하는 법인데, 팽씨세가는 셋을 치고 하나를 대화로 풀어나가는 형국이니 세력 영역은 넓어져도 점점 고수의 수가 줄어드는 상황이었다.

한계에 달하면 팽씨세가 자체가 사라질 수도 있다고 양세방이나 제갈모는 판단했다.

하지만 양세방은 한숨을 내쉬며 고개를 저었다.

"강남무림맹이 결성된 이유는 해적왕을 상대하기 위함입니다. 해적왕의 세력이 사라진다면 당연히 무림맹도 해체되어야 하는 거지요. 그런데 이번처럼 해적왕에 관한 일이 아닌 문파들 간의 다툼에 개입하다가는 무림맹의 뜻이 변질될 우려가 있습니다."

"그러니까 제 말은 해적왕의 세력이 완전히 소탕될 때까지만 조율을 하자는 겁니다. 다른 문파들도 크게 불만을 갖지는 않을 겁니다."

"그렇지 않습니다. 명분은 물론 중요하지만 아무리 명분이 좋아도 결국 내용은 같은 겁니다. 말을 바꾸어 만약 해적왕과 싸우기 위해 남궁세가나 제갈세가의 기반을 모두 포기하고 다시 무림맹으로 들어오라고 하면 따르시겠습니까?"

"흐음."

불쾌하고도 직접적인 말이다. 하지만 양세방의 말이 옳다. 제갈모는 더 이상 말을 하지 못했다.

양세방도 제갈모가 이런 일로 꽁할 성격이 아니라는 것을 알기에 독하게 말을 한 것이다.

"제 말이 지나쳤음을 사과합니다. 하지만 팽가의 일은 역시 맹에서 간섭할 수가 없는 것이라고 생각합니다."

"맹주의 말씀은 잘 알겠습니다. 저도 동의합니다."

"그나저나 팽가뿐만이 아니라 강남 전역에서 적지 않은 분쟁이 일어나고 있으니 그것참 문제입니다."

"하아, 어쩔 수 없는 일이라고 생각하지만 한숨이 나오는 걸 참기 어렵군요."

지금 문파들 간의 알력으로 흘리는 피는 해적왕이 강남을 초토화시킨 이후로 최고로 많다고 할 수 있었다.

흑룡방과 싸울 때에는 일종의 국지전으로 이런 식은 아니었다. 강남의 흐트러진 질서를 바로잡을 때까진 앞으로 몇 년은 더 걸릴 것 같았는데, 그사이의 혼란을 잡을 길이 없었다.

두 사람이 고민을 하고 있는데, 바깥쪽에서 누군가 다가오는 인기척이 느껴졌다.

양세방은 대화를 멈추고 외쳤다.

"누가 왔느냐?"

이곳은 맹주의 집무실이 아니라 개인적인 거처로서 긴급한 일이 아니면 아무도 오지 못하게 되어 있는 곳이다.

제갈모는 달려오는 속도로 보아 아무래도 긴급한 일이 생긴 듯하다고 생각했다.

아니다 다를까, 문밖에 선 자가 말했다.

"급한 보고입니다. 망려항에 적포천존과 홍의검협을 태운 배가 정박했다고 합니다."

"뭐라고, 드디어 그들이 돌아왔단 말인가!"

양세방이 놀람 반 기쁨 반의 감정을 담아 외쳤다.

한편 제갈모는 살짝 고개를 숙이고 중얼거렸다.

"적포천존, 죽지 않았군."

대놓고 말할 수는 없지만 제갈모는 적포천존이 그냥 이대로 모습을 드러내지 않았으면 좋겠다고 항상 생각해 왔다.

해적왕의 잠적 기간이 길어지면 길어질수록 그런 생각이

더욱 강해져 이제는 염원이라 부를 수 있을 정도다.

하지만 역시 세상만사는 뜻대로 되지 않는 법, 올 것이 오고야 말았다.

양세방은 벌떡 일어나 문을 열며 외쳤다.

"말을 준비해라. 내가 직접 가겠다."

"옛!"

확실히 양세방은 무림맹주의 자격이 있었다. 적포천존을 만나는 일에 조금도 주저하지 않는다는 것만 봐도 충분하다.

제갈모는 속으로 그렇게 평가하며 양세방에게 점잖게 말했다.

"그럼 저는 맹에서 두 사람을 맞이할 준비를 하지요."

"부탁드리겠소."

누군가는 나가야 하지만, 또 누군가는 남아서 연회 준비를 해야 한다.

또한 적포천존이 지나가는 길에 혹시라도 문제가 발생하지 않도록 미리 사발통문을 돌려 재난을 피하도록 주의를 해야 하는 등 의외로 할 일이 많았다.

잠시 후, 양세방은 무림맹의 장로 중 세 명과 함께 총단을 나섰다.

그리고 무림맹엔 비상이 걸렸다. 사방으로 전서구가 날아가고, 수십의 전령들도 말을 타고 달렸다.

양세방은 맹을 나서며 적포천존이 다른 데로 새지 않을까 걱정했다.

상대가 상대인만큼 적포천존이 맹으로 오지 않겠다고 한다면 막을 수는 없다. 그래도 앞으로의 일도 상의해야 하고, 또 그동안 어떤 일이 있었는지도 듣고 싶었다.

다행히도 적포천존과 강진이 맹으로 향하고 있다는 보고가 들어왔다. 지부에 들러 현재 총단이 잘 돌아가고 있다는 말을 듣자 곧바로 그곳을 떠나 총단으로 향했다고 한다.

말을 타고 삼 일을 가서 송회현이란 마을에 도착하니 다시 전령이 와서 앞으로 반나절 정도면 적포천존이 이곳으로 올 거라고 했다.

양세방은 일단 의복에 묻은 먼지를 털고 손님을 맞이할 준비를 했다. 거리상으로 볼 때에도 총단의 영역 경계선이라 할 수 있으니 딱 적당한 곳까지 마중을 나온 셈이다.

해가 질 무렵, 붉은 하늘과 골짜기 사이에 난 길로부터 두 사람의 모습이 보였다.

적포천존의 적포는 황혼에 물들어 더욱 붉었고, 강진이 입은 백의 역시 붉게 보였다.

양세방은 마을 입구에 서 있다가 그들에게 포권을 취하며 먼저 인사를 했다.

"천존과 검협을 뵙습니다."

"오호, 신창인가. 그새 맹주가 되었다고? 축하하네."

적포천존은 여전히 기분이 좋았다. 거기에 아는 사람이 마중까지 나왔으니 입에서 나오는 말도 상당히 고운 편에 속했다.

"맹주님을 뵙습니다."

강진도 공손하게 포권을 취했다. 다시 장로들과도 인사를 나누니 분위기가 나쁘지 않았다.

그 뒤로는 모두 말을 타고 맹으로 돌아갔다. 중간에 머무는 숙소는 모두 무림맹에서 미리 준비를 하여 대접에 소홀함이 없었다.

그사이 양세방은 두 사람으로부터 그동안의 일에 대해 들을 수 있었다.

"허, 천존께서 화산 폭발을 뚫고 살아남으셨군요."

"쿵, 그 이야긴 하지 말아라. 내 아직도 머리카락에 불이 붙는 느낌이 든다."

적포천존은 이제 어느 정도 자란 머리를 쓰다듬으며 손을 휘휘 저었다. 양세방은 원래 표리가 동일한 사람이라 크게 감탄한 것을 그대로 드러내며 엄지손가락을 세우고 적포천존의 대단함을 칭송했다.

"천존께선 머리카락이지만 원래는 머리에 불이 붙어도 모자람이 있지요."

"원래가 어디 있냐? 다 능력껏 사는 거지."

상대가 진심으로 감탄하는데 기분이 나쁠 리가 없다. 사실 양세방의 성격이 적포천존의 구미에 맞았기에 그가 다른 이보다 적포천존을 껄끄러워하지 않는지도 몰랐다.

"그런데 어떻게 두 분이 만나셨습니까?"

"해적왕을 때려잡다가 사부님과도 만날 수 있었습니다. 알고 보니 사부님께서도 해적왕을 노리고 계셨더군요."

이미 강진과 적포천존은 대충 말을 맞춰놓았다.

그들이 탄 배를 제외한 다른 배들은 멀리 돌아서 해적왕의 수하들만 아는 항구에 정박하기로 했다.

그 후 천룡교 순찰당 사람들과 합류하여 다른 사람들이 모르게 심양까지 가기로 계획이 되어 있었다.

심양의 깊은 산속에 위치한 천룡교는 그들의 손에 의해 재건될 것이다.

그사이 적포천존과 강진은 무림인들에게 해적왕이 마침내 죽었음을 알리기로 했다. 중간 과정은 약간 조작이 있지만 어쨌든 해적왕이 죽은 것은 사실이다.

특히 적포천존은 해적왕이 강진에게 죽지 않았다는 사실을 비밀로 했다. 그걸 말해주면 제자에게 생색을 낼 수 있지만, 제자의 실수를 들춰내면서까지 그러고 싶지는 않았다.

어차피 제자 놈이 왕노적을 잡았다면 나는 그보다 윗줄이 되는 거니까 말이지.

절대삼무의 수준에 이르기 전에는 적포천존과 강진의 무력 수준에 대해 절대 알 리가 없다. 그저 사람들은 적포천존의 제자인 강진이 해적왕보다 셌다라고 생각할 뿐이다.

어쨌든 양세방은 약간 많이 조작된 그동안 두 사람에게 있었던 일들에 대해 자세히 들을 수 있었다.

다른 건 몰라도 해적왕이 이미 죽었다는 사실에 그는 크게 기뻐했다.

"허허허, 그럼 이제 무림맹에서는 해적왕의 잔당만 정리하고 해산하는 방안을 추진해야겠습니다."

"왜? 그냥 계속 맹주 안 하게?"

눈치코치없는 적포천존이지만 세간에서 양세창에 대한 평이 좋다는 것은 안다. 그 일순위 이유가 자신이라는 것을 당연히 모르겠지만.

양세창은 살짝 허탈한 미소를 지으며 고개를 절레절레 흔들었다. 무림맹주로 남아 강남의 세력 다툼을 중재한다는 건 결코 그의 성격에 맞는 일이 아니었다.

물론 그런 문제를 적포천존 앞에서 거론할 정도로 경솔한 사람은 아니다.

"별로 생각이 없습니다. 맹주 노릇을 하다 보니 웃는 일보다 한숨 쉴 일이 많더군요."

"큿, 신창도 남들 위에 서는 성격은 아니군."

"맹이 해산되면 가문으로 돌아가 새로운 창법이나 좀 연구해 볼까 합니다. 그래도 그동안 여러 가지 일을 겪으면서 몇 가지 쓸만한 초식이 머릿속에 떠올라서 말입니다."

여러 가지 일들 중 가장 큰 게 바로 적포천존에게 당한 거라는 말은 굳이 하지 않았다.

그때 당한 경험이 가끔씩 꿈에서 나오는데, 그러다가 자신도 모르게 발악하며 시전한 방식이 의외로 좋아서 기억해 둔 것이다.

그야말로 꿈에서 얻은 초식이라 할 수 있었다.

"그런데 말입니다, 사실은 북해빙궁에서 천존을 찾아온 사람이 있습니다."

양세방은 화제를 바꿨다.

"잉, 언제 내 명성이 북해빙궁까지 퍼졌나?"

"그건 당연한 일이지요. 하지만 이번에 온 화소군이란 소저의 용건은 조금 다릅니다."

"그럼 무슨 일로 왔는가?"

"빙혈마녀의 일 때문이라고 하더군요."

"오호, 빙혈마녀라… 그 왜 백치설녀공 익혔다고 설치고 다니던 여자 말이군."

"예, 그 빙혈마녀가 북해빙궁 출신인데, 이번에 천존을 만나기 위해 다시 출궁했다는군요."

"그래?"

적포천존은 흥미를 보였다. 그들은 이동 속도를 빠르게 해서 맹으로 돌아갔다.

무림맹에 도착한 적포천존은 우선 화소군을 만났다. 자초지종을 직접 듣기 위해서이다.

"그러니까, 화소천이란 여자가 빙혈마년데 나를 만나기 위해 궁을 탈출해서 나왔단 말이지?"

"예, 화소천은 금지된 마공을 허락없이 익혔고, 또 이번에 금제를 깨고 궁을 나섰으니 저희 북해빙궁의 큰 죄인입니다. 천존께서 혹시 화소천의 행방을 아신다면 알려주시기를 간청합니다."

"딱딱한 소리 하지 마라. 성도 같고 이름도 비슷한 걸 보니 네 고모뻘쯤 되는 것 같은데, 무슨 죄인이니 뭐니 하는 거냐?"

"……."

화소군은 적포천존의 날카로운 추궁에 더 이상 말을 하지 못했다. 확실히 북해빙궁의 명예를 위해 속마음을 감추고 있었지만 화소천은 그녀가 가장 좋아하던 고모가 아닌가?

"무엇보다 난 빙혈마녀를 본 적이 없다. 바다에 나가 있었는데 무슨 수로 만날까? 쿵."

적포천존은 콧방귀를 한 번 뀌고 시선을 옆에 있던 양세방에게 돌렸다.

"이봐, 맹주."

"말씀하십시오."

"아직 못 찾았나?"

"행적의 흔적은 찾았습니다만, 현재 있는 위치는 모릅니다."

"그건 이상한데. 빙혈마녀가 무슨 은신술의 제일인자도 아닌데, 지리도 제대로 모르는 중원에 와서 어떻게 무림맹의 추적술을 피할 수 있다는 거지? 용모파기도 다 드러났다면서."

"그게 저도 이해하기 어려운 부분입니다. 처음 빙혈마녀의 행적은 비교적 쉽게 찾았고, 그녀가 무림맹 총단 근처에까지 왔었다는 사실도 밝혀냈습니다. 그 뒤 빙혈마녀는 청해 쪽으로 향했는데, 그곳에서 행적이 끊겼습니다. 아무래도 청해는 산이 많고 사람이 적어 숨으려 하면 찾기가 쉽지 않은지라."

"청해라… 그럴 수도 있겠군. 그럼 빙혈마녀는 은거에 들어선 건데 말이야."

왜 중원까지 와서 갑자기 은거에 든 것일까? 그 점을 사람들은 이해할 수 없었다.

그때 옆에서 듣고 있던 강진이 말했다.

"무림맹 총단 근처까지 왔다면 이미 사부님의 모습을 보지 않았을까요?”

“으응? 그럴 수도 있겠지.”

“아!”

화소군이 놀란 표정으로 소리를 지르자 사람들의 시선이 그녀에게 집중되었다.

“뭐냐, 생각나는 거 있으면 말해라.”

“고모가, 아니, 화소천이 지금 천존의 모습을 보았다면 아마 절대로 천존 앞에 나오지 못했을 거예요.”

“그게 무슨 소리냐?”

적포천존만이 도대체 이유를 알 수 없다는 표정으로 되물었다. 여인의 심리를 어느 정도 짐작한 주위 사람들은 대충 이해가 간다는 표정으로 바뀌고 있었다.

화소군은 도무지 여심을 모르는 적포천존을 위해 차근히 설명을 했다.

“천존께서는 세월을 이기고 아직까지 이렇게 젊은 모습이시잖아요. 화소천은 이미 머리가 세고 얼굴에 주름이 있어요.”

“그게 무슨 상관이냐. 늙으면 다 그런 거지.”

이렇게까지 말이 나왔는데도 적포천존은 그게 도대체 무슨 문제인지 알 수 없다는 표정이다.

“그래도 그럴 수는 없을 거예요.”

양세방이나 강진도 화소군의 말에 동의한다는 듯 고개를 끄덕였다. 결국 강진이 적포천존을 위해 한마디 거들고 나섰다.

"빙혈마녀란 분은 젊어진 사부님의 모습을 보고 나이 든 모습으로 차마 나설 수 없어 은거에 들어간 것이군요. 원래 여인이란 자신이 사모하는 사람 앞에서는 가장 아름다워 보이고 싶어하는 거니까요."

"엥? 그게 그런 거였어?"

이제야 알겠다는 표정으로 적포천존이 고개를 끄덕였다. 맞다! 생각해 보면 여인네들은 분명 그런 속성이 있을 법도 하다.

다시 고개를 주억거리려는 찰나, 작은 폭탄이 터졌다.

"그게 문제가 아니에요. 그녀에게는 젊어질 수 있는 무공이 있다고요."

화소군이 다시 말하자 모두 아차 하는 표정으로 말했다.

"백치설녀공?"

"그래요. 백치설녀공을 익히면 새로 검은 머리가 나고 피부도 젊었을 때처럼 돌아가요. 하지만 그에 따라 감정이 사라져 한 조각 얼음처럼 되니 그렇게 되면 사람이라 할 수 없어요."

"오호, 그것참 나름 대단한 무공인데?"

적포천존은 손으로 수염을 문지르며 말했다. 역시 세상은 넓고 신기한 수법은 많다는 생각이 들었다.

"그래서, 지금쯤 그 화소천이 백치설녀공을 익히고 있을 거란 말이지? 그래서 옛날처럼 이뻐졌을 거고.”

“장담할 수는 없지만 왠지 그런 느낌이 들어요.”

“흐음.”

적포천존의 기억이 과거로 돌아갔다. 그때 빙혈마녀는 적
포천존에게 일장을 맞고 쓰러졌다.

그건 중요한 게 아니다. 그 당시 빙혈마녀는 정말 미녀였
다. 적포천존이 평생 보아온 미녀 중 손가락 안에 꼽힐 정도
였고, 분위기도 있었다. 어쩌면 최고라고 해도 될 것이다.

“좋아, 결정했다.”

적포천존이 선언하듯 말하자 강진은 약간 불안한 심정이
되어 말했다.

“사부님, 무슨 결심을 하셨는지요.”

적포천존은 엄숙한 표정으로 답했다.

“제자야, 이 사부는 장가를 가야겠으니, 자잘한 준비는 네
가 하도록 해라.”

“사부님, 빙혈마녀를 맞아들이시게요?”

“암, 내 젊어진 후 다시 강호를 나와 돌아다니면서도 항상
뭔가 허전함을 느꼈는데, 그게 뭔지 지금 알았다.”

적포천존은 의자에서 일어나 뒷짐을 지고 창문 밖을 보았다.

“그건 바로 나 같은 영웅호한의 옆에는 항상 미녀가 따라
다녀야 하는 건데, 혼자 다녀서 구색이 맞지 않았던 거다. 맞

아, 내가 왜 이 생각을 미처 못했지?"

"예, 예."

뭐라고 말하겠는가! 사부의 말에서 단호함이 엿보였다. 강진은 일찌감치 포기했다.

적포천존은 한 걸음 앞으로 나가며 시조를 읊듯이 말을 이었다.

"난 내가 좋다는 여자가 좋다. 분위기를 보건대 그 처자가 나한테 마음이 있는 것 같으니 찾아서 혼인을 하는 게 좋겠다."

"그런데 일단 백치설녀공을 익혔다면 아무래도 감정이 얼어붙어 있을지도 모릅니다."

"그게 무슨 상관이냐? 마공에 의한 부작용 정도는 얼마든지 처리할 수 있다. 일단 그녀의 단전에 내 기운을 한 조각 심어놓으면 될 거 아니냐."

"그렇지요."

적포천존과 강진은 이미 수많은 마인들을 다뤄본 바 있다. 이쪽 방면에서는 중원에서 짝을 찾기 어려운 경지라 할 수 있겠다. 적포천존이 말을 하면 강진은 바로 알아들었다. 옆에서 듣는 다른 사람들이 이해를 하든 말든 그들이 상관할 바가 아니었다.

"맹주."

"예, 말씀하십시오."

“일단 빙혈마녀가 마지막에 행방을 감춘 곳을 알려주고, 맹에서 추적술에 한가락 하는 사람을 모두 풀어보라고. 나 장가 좀 가자.”

“그렇게 하겠습니다.”

양세방이 순순히 승낙하자 적포천존은 몇 걸음을 더 옮기더니 고개를 저었다.

“음, 나도 가서 같이 찾아야겠군. 진아, 뒷일은 네가 알아서 처리해라.”

뒷일이란 흑산에 대한 것이다.

원래 적포천존은 맹에 들렀다가 다시 바닷가로 가서 흑산의 교육을 계속할 생각이었는데, 장가를 가는 게 더 급하다는 판단을 내렸다.

다행히도 고래의 경혈을 뚫어주는 일은 강진도 할 수 있었다. 물론 강진이 그렇게 한가한 처지는 아니지만 지금은 상황이 상황인만큼 어쩔 수 없었다.

‘고모, 축하해요. 드디어 소원을 이루시겠군요.’

‘빙혈마녀, 그 희대의 마공이 다시 나타난 시점에 천존께서 직접 처리하겠다고 나서시니 이보다 좋을 수는 없지!’

다른 이들은 또 다른 의미에서 기쁨과 안도의 한숨을 내쉬고 있었다.

갑자기 계획이 바뀌는 바람에 무림맹에서 준비한 연회도

물 건너가 버렸다.

원래는 칠 일 동안 성대하게 잔치를 벌이고, 널리 해적왕이 죽었음을 알리려 했다. 또 그사이 흩어졌던 문파나 세가의 사람들 중 올 수 있는 사람은 모두 와서 적포천존의 비위를 맞추기로 했지만, 모두 취소해 버렸다.

그저 하루에 걸쳐 간단하게 축하를 하기로 결정한 후, 그들은 제각기 숙소로 돌아갔다.

다음날이 되어 연회가 벌어졌다. 그런데 연회에 참석한 사람들이 술을 마시고 자기들끼리 이야기를 나누다가 현재 강남 곳곳에서 벌어지고 있는 문파들의 갈등에 대한 화제가 나왔다.

"그래서 팽씨세가의 일은 해결이 되었답니까?"

"뭐, 어차피 힘으로 하면 피차 손해니까요. 중재를 자청한 맹주의 얼굴을 보아서라는 핑계로 대충 휴전 분위기랍니다."

"그나저나 그쪽 지역은 어떻습니까?"

"훗, 아무리 이씨세가가 지역의 명문이라 해도 우리 또한 그간 키운 힘이 있으니까요."

"호오, 과연 대단하군요. 사실 명문이란 게 처음부터 그랬던 건 아니란 말이죠."

신흥방파 혹은 소규모 문파에서 이제 각 지역의 패권에 도전하는 이들은 자신들끼리의 영역을 구축하고 있었다.

"쳇, 해적왕이 발호할 때는 우리 날개 안에서 보호해 달라고 꼬리를 감추던 사람들 아닙니까?"

"쯧쯧, 그러게 말입니다. 명문세가가 하루아침에 이루어진 줄 아니 우리도 가만히 있을 수만은 없지요."

"그러게 말입니다. 이참에 선을 확실히 그어야지요. 누가 뭐라 해도 무공의 질에 있어서 저들이 우리를 감히 넘볼 수 없는 처지니까요."

확연히 자리를 잡은 몇몇 거대 문파를 제외하고 기존의 명문이라는 이들도 삼삼오오 자리를 잡고 눈을 빛내며 이야기를 주고받았다.

물론 이를 중재해야 할 무림맹의 주요 인사들이나 거대 문파의 수장들 사이에서도 대부분 현 강남 무림의 시국에 대한 이야기가 주를 이루었다.

누가 어느 쪽의 세력을 잡느냐, 어떤 이권이 오가느냐에 대해 심도 높은 이야기가 오갔다.

그야말로 끼리끼리 자리를 잡은 상황이다. 어차피 자기네들끼리 하는 말이고 누가 엿들을 상황도 아니다. 또한 이게 비밀도 아니니 마음에 거리낄게 없었다.

그러나 중앙의 상석에 앉아 있는 두 사람에게는 상당히 거슬렸다.

바로 적포천존과 강진이다.

그들은 천리지청은 몰라도 십리지청의 경지에는 도달한

지 오래다. 그러니까 십 리 밖에서 쥐새끼가 기어다니는 소리도 들을 수 있었다. 당연히 사람들이 나누는 대화도 다 들을 수 있었다.

'정말 해도 해도 너무하는군. 해적왕 문제가 해결된 게 언제라고 그사이 밥그릇 싸움을 제대로 하고 있구나!'

강진은 듣지 않으려 해도 들려오는 무림의 추한 이면에 마음이 상했다. 그러나 그뿐, 어차피 사부님이 돌아온 이상 저들도 지금처럼 노골적인 행동을 하지는 못하리라는 믿음도 있었다.

'저러다 사부님이 아시면 크게 경을 치고 말지. 헉! 이제 보니 사부님 안색이!'

강진이 듣는 걸 적포천존이 못 들을 리 없다. 그리고 자신이 들은 게 있는 이상 체면치레로라도 가만히 있을 적포천존이 아니다.

"이봐, 맹주."

"예, 말씀하십시오, 천존."

"조용히 나 좀 보자. 제갈 군사도 같이 보는 게 좋겠군."

적포천존은 두 사람과 함께 안으로 들어갔다. 강진은 뒤를 따라가면서 사부님의 화를 어찌 풀지를 고민했다.

"좋게 말할 때 다 말해라. 강남에서 문파들이 뭔 짓을 하고 있다고?"

그때서야 양세방과 제갈모는 아차 하는 심정으로 표정이 굳었다.

"별건 아닙니다만……."

"별거면 니가 죽을래?"

"아닙니다. 이런 일에 대한 보고를 모두 정리해서 드릴 테니 천존께서 직접 살피시지요."

"당장 가져와."

밖은 여전히 연회로 인해 술과 노래가 넘치는데, 맹주의 집무실에는 한겨울보다 더한 추위가 느껴졌다.

잠시 후, 양세방과 제갈모뿐만 아니라 무림맹의 장로들도 모두 들어와 한쪽에 조용히 시립했다. 그야말로 숙제를 안 한 학동들이 훈장의 벌을 기다리는 모습이었다.

적포천존은 책상에 쌓여 있는 보고서를 모두 읽었다. 강진도 조용히 뒤에 서서 그걸 같이 보았다.

"이런 때려죽여도 시원치 않을 놈들을 보았나!"

쾅!

주먹으로 책상을 쳤는데 책상은 멀쩡하고 바닥이 쩌저적하고 금이 갔다. 아마 바닥 전체를 갈아야 할 것 같았다.

겨울은 가고 갑자기 폭염의 여름이 시작되었다. 적포천존의 몸에서 불길과도 같은 기세가 사정없이 뿜어져 나왔다. 실제로 색깔도 불꽃처럼 붉었다.

좋게 보면 서기요, 나쁘게 보면 마기나 살긴데, 아무리 봐도 좋게는 보이지 않았다.

"내가 화산에 머리까지 태우며 개고생하고 있는데 이놈들은 땅따먹기나 하고 있어? 솔직히 말해라. 니들 나 죽은 줄 알았지? 그래서 세상 무서운 줄 모르고 나댄 거지!"

"아닙니다!"

뻑!

양세방이 용감하게 대답했다가 갑자기 피를 뿜으며 뒤로 쓰러졌다. 강진을 제외한 누구도 양세방이 어떻게 맞았는지 볼 수조차 없었다.

강진은 안타까운 눈으로 양세방을 보았다. 다행히 맹주라는 직책 때문에 화풀이를 당한 것뿐인지 크게 상한 곳은 없어 보인다.

'사실 이런 일로 가장 마음고생이 크셨을 분인데……'

강진의 머릿속에 맹주를 그만두려 한다는 양세방의 말이 떠올랐다. 물론 무공에 대한 열정도 있지만 이 꼴 저 꼴 보기 싫어서는 아닐까?

강진의 생각은 바로 거기에서 끊어졌다.

적포천존이 자리에서 벌떡 일어나며 발로 땅을 굴렀다.

쿠르릉!

건물 전체에 금이 가며 흔들리는 것이 맹주의 집무실은 더 이상 쓸 수 없는 상태가 된 듯하다. 차라리 허물고 다시 지어야 할 것이다.

"이 개 같은 놈들은 한번 죽어보지 않으면 평생 제정신을 못 차릴 것 같군. 제자야!"

"예, 사부님."

"가자. 보고서 순서대로 목록 작성해라. 내 귀찮더라도 하나도 남김없이 손을 봐야겠다."

강진은 순종하는 자세로 고개를 주억거리다가 문득 생각났다는 듯 순진한 표정으로 물었다.

"저기, 사부님. 그럼 장가가시는 건 어떻게 되는 겁니까?"

"어, 그렇지. 장가."

강진의 적절한 간섭에 적포천존의 분노가 약간 누그러졌다.

옆에서 고개를 숙인 채 벌벌 떨던 무림맹 장로들은 속으로 강진을 필사적으로 응원했다.

그들은 깨달았다.

세상에 홍수나 가뭄, 혹은 메뚜기 떼보다 더욱 무서운 재앙이 적포천존이고, 그걸 유일하게 제어할 수 있는 사람이 바로 강진이다.

'홍의검협, 제발 이번 한 번만 재앙을 막아주시오.'

'내 이걸 널리 알려 다시는 이런 일이 없도록 하겠소.'

'우리가 믿을 분은 홍의검협뿐이오.'

　장로들의 눈에서 절절한 감정이 온갖 맹세와 애원으로 변해 강진을 향해 쏟아지고 있었다.

　사실 강진도 이번 행태에 대해 화가 나긴 마찬가지였다. 하지만 그렇다고 강남에 퍼져 있는 수십 개의 문파가 멸문되는 것을 원하지는 않았다.

　강진은 적포천존의 강남행을 말리는 발언은 하지 않았다. 오로지 빙혈마녀에 대한 중요성을 언급했을 뿐이다.

　"일단 사모님을 찾는 것이 우선해야 할 일인 듯싶습니다. 무림 문파는 하루아침에 어디로 가는 것이 아니지만 사람의 행적은 시간이 지날수록 찾기 힘들어지니까요."

　"음, 그걸 생각 못했구나."

　"네. 그리고 아무래도 그분이 익히는 무공이 문제를 일으킬 수도 있지요. 혹여 신변에 큰일이 생길까 이 제자는 걱정이 됩니다."

　"으음."

　강진의 말이 옳다. 장로들의 앞이라 언급하지는 않았지만 화소천이 익히는 것은 마공이다. 혹여 다른 이의 눈에 띄어 화를 당하기라도 하면 큰일이 아닌가?

　강진은 적포천존의 마음이 크게 움직인 것을 느끼고 차분한 음성으로 다시 권했다.

　"제자의 생각에는 먼저 장가부터 가시고, 강남 무림 문파들은 그다음에 시간이 날 때마다 천천히 하나씩 방문하시는 것도 괜찮을 것 같습니다.”

“으음, 네 말이 맞다. 아무리 열받는 일이 있어도 일단 장가는 가야지.”

겨우 적포천존이 화를 참고 다시 자리에 앉자 강진은 사람들에게 청해로 떠날 준비를 해달라고 부탁했다.

일단 위기는 넘겼다!

그 순간부터 무림맹주든 군사든 장로든 할 것 없이 적포천존의 여정을 준비하기 위해 눈썹이 휘날리도록 움직이기 시작했다.

이제 곧 강남 무림의 사람들은 자신들의 코앞까지 저승사자가 왔다가 잠시 발길을 돌렸음을 알게 될 것이다.

바쁘게 움직이는 이들을 살펴보며 강진은 속으로 생각했다.

‘어서 설옥을 데려와야겠다. 나 혼자서는 사부님을 감당하기가 쉽지 않겠어. 나하고 설옥 둘이 있고, 또 새로 사모님이 계시면 어떻게든 될 거야.’

그렇게 무림의 새로운 위기는 일단 뒤로 미루어졌다.

종결(終結)

赤布
龍王

 종결(終結)

"아이 참, 얼른 가시래두요."

"그래요. 빨리, 빨리요."

각각 품에 아기를 안은 여인들에게 떠밀려 두 남녀는 대문 밖으로 나섰다. 둘은 익숙하게 한 팔로 아기를 받쳐 들고는 다른 손을 휘휘 저으며 얼른 가라 재촉했다.

설옥은 몇 번이나 뒤를 돌아보다가 그때마다 얼른 가라고 재촉하는 동생들의 성화에 못 이겨 강진의 팔을 잡고 걸음을 옮겼다.

"그래도 이렇게 나오니 좋지 않아?"

천천히 움직인 것 같은데 어느덧 강가에 이르렀다.

적당히 시원한 바람을 맞으며 강진이 입을 열었다. 설옥 또한 워낙 오랜만의 외출이라 즐거운 마음이 들었지만, 아직도 마음 한편으로는 남은 아기들과 동생들이 걸리는 모양이었다.

"그래도 동생들이 너무 고생이 많잖아요. 평소에도 반은 직접 키우는 것과 마찬가진데……."

"하하하. 그나마 둘이 있었으니 망정이지, 설마 당신이 쌍둥이를 낳을 줄 누가 알았겠어?"

그 시원스런 웃음에 설옥도 따스한 미소로 화답하며 고개를 끄덕였다. 쌍둥이란 하나를 키우는 두 배의 힘이 아니라 네 배의 힘이 든다고 하더니 그 말이 허풍은 아닌 듯했다.

물론 제갈소소와 진소군이 열심히 아이들을 돌봐준다고 해도 실상 가장 힘든 것은 설옥이다. 이를 안타깝게 여기던 두 동생이 오늘은 아예 작정하고 그녀와 강진을 밖으로 내몬 것이다.

언제나 그렇듯 강진은 허허 웃으면서 두 여인의 말을 따랐지만 설옥 입장에서는 고맙고도 미안한 마음이 강하게 들었다.

손을 맞잡고 풍경을 즐기며 산책을 하다 풀이 곱게 자란 곳에 자리를 잡고 앉았을 때였다. 조용한 듯하면서도 물소리와 풀벌레 소리, 바람이 스치는 소리들이 귀를 간질여 왔다.

따스한 햇살에 잠시 몸을 맡기고 살짝 눈을 감고 있던 설옥은 멀리 시선을 둔 강진 쪽을 바라보다 입을 열었다.

"당신, 가끔은 마치 이 세상 사람이 아닌 것같이 느껴져요. 음, 뭐랄까? 맞아요. 신선! 지금 당장에라도 세상을 훌훌 털어 버릴 것 같은 그런 느낌이거든요."

"흐음, 신선이라……."

강진은 미소를 지으면서 설옥과 눈을 마주쳤다. 언제나 느껴지는 한결같은 아내의 사랑. 결코 등 뒤로하고 돌아설 수 없는 마음이 뿌듯하고 더더욱 사랑스럽다.

"불안해할 건 없어. 사실 내가 등선을 하려고 하면 벌써 예전에 했겠지."

"예?"

"그러니까 경지로 따지면 신선의 경지에 오른 건 마선도에서 팔한지옥의 경험을 한 후부터였거든."

"그럼 당신이 지금 신선이라는 건가요?"

"아니, 그러자면 등선을 해야 하잖아. 그런 후에야 진정한 신선이라 할 수 있겠지. 하지만 내게는 아직 그럴 생각이 없어. 이 세상에 내가 사랑하고 아끼는 사람들이 너무 많으니까."

사실 설옥이 그런 느낌을 가지고 있을 거라는 걸 강진은 알지 못했다. 현 무림에서 최고수의 하나로 꼽히고 있는 대근이

조차 전혀 짐작하지 못한 사실이다.

'하긴 신선이나 마선이란 무공과는 별개의 일이라 할 수 있으니까!'

부부니까 가능한 일일 것이다. 아니, 어려서부터 강진을 주욱 바라본 설옥이니까 가능한 일일지도 모른다.

굳이 꼭 숨기려던 것은 아니었기에 강진은 팔한지옥의 숨겨진 비밀에 대해 차근히 설명을 시작했다.

"아, 그럼 결국 중원에 출도한 마선들은 그 과정에서 다른 인격으로 변한 거였군요? 다른 인격에 대한 관조는 가능하니까 마선의 능력은 얻게 된 거였구요."

"응, 그런 셈이지."

설옥은 자못 신기한 듯 잠시 생각에 잠기더니 조심스레 다시 물었다.

"저어, 그럼 지금은 당신이 사부님보다 강한 건가요?"

"응?"

"아뇨. 그냥 궁금해서요."

결코 불미한 뜻으로 물은 것이 아니라 단순히 떠오른 생각이었다.

강진 또한 설옥의 질문이 호기심에서 비롯되었음을 알고는 슬쩍 입꼬리를 말아 올렸다. 평소의 환한 웃음보다는 어딘가 씁쓸해 보이는 미소.

“아니. 난 전력을 다한다고 해도 결코 사부님을 이길 수 없어. 사부님은 말이지, 그 존재만으로도 신선 그 자체라 할 수 있거든.”

“네?”

“내가 팔한지옥에 대해 이야기했지? 거기서 각각의 다른 인격을 만난 것도 말이야.”

“그랬었죠. 그 인격들을 모두 아우를 수 있어서 신선의 경지에 다다른 거라고 했잖아요.”

“응. 그게 보통 사람은 살면서 크게 여덟 번 정도 변화를 거친다고 해. 그럴 때 표출되는 인격은 상황과 운에 따라 조금씩 달라지는 거지. 마치 여러 개의 주사위를 여덟 번 던지는 것처럼 말야. 그런데 사부님은 처음부터 그게 없어.”

“없어요?”

“응. 사부님은 처음부터 단 하나만의 인격을 가지고 계셨던 거야. 다른 인격이, 공교롭게도 따로 생기는 인격이 모두 원래의 성격과 같았다고 해야 하나?”

“헉. 그럴 수도 있나요?”

“내가 마선도의 관문에서 나와 사부님을 뵌 후 새로 생긴 관조의 힘으로 그걸 알게 된 거야. 여덟 개의 인격이 모두 일치하는 건 거의 불가능한 확률인데 사부님은 태어나면서부터 그렇게 된 거지.”

강진의 담담한 설명에 설옥은 조용히 입을 다물었다. 불가능하다고 하면서도 그게 사실이란다.

단지 그 대상이 사부라면 어쩐지 당연하다고 느껴지니 그것이 바로 적포천존의 존재감일 것이다.

"그러고 보니 사부님이 안 들르신 지 꽤 되셨네요? 혹시 어디 계시는지는 아셔요?"

"뭐, 아직 신혼여행의 연장 중이라 할 수 있지. 사모님이랑 흑산이를 타고 여행 중이신데, 이번엔 꽤 멀리 가신 모양이야."

"후훗. 덕분에 강남 무림의 숨통이 트였으니 다행이겠죠?"

"하하하. 사실 사모님 덕에 중원의 동굴들도 다 무사한 거라구."

"음? 동굴은 또 왜요?"

적포천존과 강진의 복귀는 많은 파장을 가져왔다.

강남 무림의 세력 싸움에 대해 적포천존이 을러댄 말이 알려지면서 눈에 띄게 노골적인 다툼이 줄었다. 그와 더불어 그때까지의 일로 적포천존의 방문을 받을까 저마다 몸을 사리며 눈치를 보기 시작했다.

지나친 세력 다툼의 중재를 서느라 곤란해하던 무림맹도 그 덕을 톡톡히 본 셈이다.

설옥도 당연히 그 사실을 알고 언급한 것인데, 갑자기 동굴

이야기를 들으니 다시 호기심이 생겼다. 강진은 웃으면서 적포천존이 동굴이 지긋지긋하다며 한 말들을 전했다.

"그리고 이건 내 생각인데 그거 부수는 게 나름 재밌다고 생각하신 것 같더라고."

"호호호. 그거 정말 큰일 날 뻔했군요. 사부님 성격에 새로 재밌는 일을 찾으셨으니 누가 말려도 힘들었을 거예요."

"하하. 그런 셈이지. 아무튼 사모님이야말로 중원무림과 동굴의 구원자이신 거야."

"다 좋은데 우리 아가들 이름은 어떻게 해요?"

"일단 돌이 될 때까지 일 년은 아명으로 부르자구. 그때까지 사부님이 안 오시면 짓도록 하지."

"네, 그럼 그렇게 해요."

적포천존이 신혼여행을 간 것은 설옥이 아이를 가진 것을 안 직후이다. 사부로서 당연히 사손의 이름을 지을 권리가 있다고 주장한 그는 나름 고심해서 남아와 여아 이름을 각각 하나씩 지어주고 떠났다.

한데 공교롭게도 설옥은 쌍둥이를 낳았고, 두 아이가 다 아들인 탓에 이름 하나가 모자라게 되었다.

사부의 성격을 잘 아는 강진과 설옥으로서는 한 아이에게 마음대로 이름을 붙일 수 없어 결국 사부의 귀환을 기다리기로 결정한 것이다.

　다시 다정하게 산책을 재개한 두 부부의 상상 속에서 붉은
장포를 입고 검은 고래를 탄 채 호탕하게 웃는 적포천존의 모
습이 그려지고 있었다.

『적포용왕』완결

안녕하십니까? 김운영입니다.

이번에 쓴 『적포용왕』은 제가 쓴 일곱 번째 소설이고, 무협으로는 『칠대천마』 다음으로 두 번째입니다.

제가 소설이라면 가리지 않고 봐서 그런지 글을 쓰기 시작한 이후로 쓰는 장르도 이것저것 다 손을 대게 되는군요.

별로 좋은 건 아닙니다만, 개인적으로는 재미가 있습니다.

원래 칠대천마로 무협을 처음 쓸 때, 연속해서 세 편을 쓰려고 준비를 했습니다. 그중 적포용왕이 두 번째입니다만, 안타깝게도 세 번째 글은 포기를 해야 할 것 같습니다.

이유는 제 글이나 스토리가 무협을 쓰는 데 적합하지 않다는 판단을 하게 되었기 때문입니다.

글 자체가 재미있고 재미없고를 떠나서, 전 영어 단어를, 그것도 특히 속어나 욕을 적당히 섞어 쓰지 않으면 참으로 답답함을 느낍니다. 그게 가장 힘든 부분이었고요.

그다음으로는 사람들의 대화체입니다. 일명 하오체지요.

이게 상당히 힘들어서 자꾸 쓰지 않으려고 하다 보니 인물들마다 말투가 일관성있게 통일되어 개성을 나타내지 못하고 자꾸 형식적인 말투로 바뀌어 버리더군요. 그야말로 연기 못하는 배우가 대사를 읽듯이 말입니다.

마지막으로는 제 스토리의 특성입니다.

저는 주인공이 강한 것을 좋아합니다. 원한이나 복수, 혹은 협의나 대의보다는 주인공이 욕심꾸러기여서 야망을 위해 뛰는 내용을 주로 씁니다.

그러다 보니 적이란 게 목표가 아닌 과정이 되어버립니다. 그러니까 도중에는 어떨지 몰라도 최후에는 그저 주인공이 강함의 완성을 위해 독주를 하게 되는 것이죠.

저는 악당을 가까스로 이기는 주인공을 별로 좋아하지 않습니다. 그럼 상대적으로 주인공이 독보적이지 않다고 생각되니까요.

그냥 최후 보스 정도는 한 손가락으로 눌러 죽이고, 고금에 이

보다 더 강한 사람이 없었다. 이런 게 좋습니다.

　그런데 이게 무협에서는 참으로 쓰기 어려운 코드입니다. 적어도 정통적인 스토리는 아니니 오래 쓸 소재는 못 된다고 생각합니다.

　이런저런 문제로 결국 당분간은 무협을 쓰지 않기로 결심했습니다만, 언젠가 제가 앞에서 말한 것들을 극복하게 된다면 꼭 다시 한 번 무협을 쓸 것입니다.

　무협소설은 정말 재미있는 것이고, 그 매력은 헤어나기가 어렵습니다.

2009년 봄, 김운영 올림